南 英男

裁き屋稼業

実業之日本社

実業之日本社文庫

目次

第一章　人生の決着

1

緊張感が漲《みなぎ》った。

カチンコが鳴らされた。撮影スタジオは、水を打ったように静まり返った。いよいよ本番だ。

怪獣に扮《ふん》した成瀬《なるせ》和樹《かずき》は、セットの端に控えていた。七月中旬のある日の夕方だ。

撮影スタジオは渋谷区内にある。冷房が効き、空気は粒立《つぶだ》っていた。

だが、成瀬は汗塗《まみ》れだった。

重さ三十二キロの着ぐるみ《スーツ》をすっぽりと着込んでいるせいばかりではなかった。成瀬は、同じ演技をすでに四回もやらされていた。うまく演じなければならない。そうした焦《あせ》りが、発汗を誘発したのだろう。

それほど難しい芝居ではない。未来都市に出現した巨大怪獣が超高層ビルを踏み倒し、のし歩くというシーンだった。

年末に公開予定の怪獣映画は、いわゆる本編だ。劇場映画に出演するのは一年数カ月ぶりである。着ぐるみ役者《スーツタレント》として飛躍するチャンスだった。そんな気負《きお》いがあるせいか、いつになく肩に力が入ってしまった。

実際、体が思うように動いてくれない。

そのことを意識すると、さらに全身の筋肉が強張《こわば》ってしまう。焦りばかりが募《つの》り、実にもどかしかった。

成瀬は深呼吸して、セットの中に入った。

のっしのっしと歩きながら、空中庭園を長い尻尾《しっぽ》で叩《たた》き潰《つぶ》し、超近代的なビルを次々に踏みつける。動き回っていると、たちまち汗が噴《ふ》いた。

首筋に汗の雫《しずく》が伝い、背中の汗疹《あせも》が痒《かゆ》くなった。手で掻《か》きたいところだが、それは叶《かな》わない。成瀬は痒みに耐えているうちに、次第に苛《いら》ついてきた。

こんな辛《つら》い思いをしながらも、与えられた怪獣の役にしがみつかなければならないのか。役者といっても、自分の素顔や鍛え上げた体躯《たいく》がスクリーンに映し出されるわけではない。何やら虚《むな》しい気持ちだ。

成瀬は先月、満三十八歳になった。

もう若いとは言えない年齢だろう。この先も、ずっと着ぐるみ役者をつづけていくことになるのか。そう考えると、なんだか自分の人生がくすんでしまった気がする。

成瀬は四年前まで、売れっ子のスタントマンだった。

出演した劇場映画やVシネマの数は、六十本を超《こ》えている。準主役クラスの出演料を貰《もら》い、多少は名の売れた女優たちとも浮名を流してきた。

だが、三十四歳の秋に運に見放されてしまった。

きわめて危険なカースタントで腰と大腿部《だいたいぶ》の骨を折り、左腕にも裂傷を負った。

全治三カ月の重傷だった。空手で磨き上げた筋肉質の体型は少しも変わっていないが、腕の傷痕は生々しく残っている。

泳ぐシーンの代役をこなせなくなったことは、スタントマンとして不利だった。事実、その種の仕事は回ってこなくなった。それだけではなく、カースタントやバイクスタントの依頼もいつしか途絶《とだ》えてしまった。

そうした事情があって、やむなく成瀬はスーツタレントに転じたわけだ。映画の仕事は年に一本あるかないかだった。もっぱら成瀬は、デパートや遊園地のアトラクションで動物の着ぐるみを被《かぶ》っていた。

みっともない話だが、年収は二百万円にも満たない。同棲《どうせい》中の一つ年上の女性から、小遣いを貰っている始末だった。情けない話だ。時々、自分の腑甲斐《ふがい》なさに腹が立つ。しかし、どうすることもできなかった。

成瀬は怪獣になりきって、セットの中を暴《あば》れ回った。

だが、なんとなく自分の演技に自信が持てなかった。芝居をしながらも、ついディレクターチェアに腰かけている羽鳥準《はとりじゅん》監督に視線を向けてしまう。

羽鳥監督は、まだ二十七歳だ。父親は著名な映画プロデューサーである。羽鳥は本番に入ってから、ずっと苦虫を嚙《か》み潰したような顔をしていた。

自分の演技に満足していないことは明らかだ。

そう思ったとたん、成瀬は一層、自信を失った。すぐに演技が乱れた。われながら、動きがぎこちない。まるでマリオネットだった。

全身が一段と火照《ほて》り、目も霞《かす》みはじめた。

そのとき、若い監督が急にディレクターチェアから勢いよく立ち上がった。表情が険《けわ》しい。後ろに控えた助監督やタイムキーパーの顔には、緊張の色が宿《やど》っている。

成瀬は悪い予感を覚えた。演技を中断させ、監督の言葉を待つ。

「大根！　おたく、救いようがないな。時間を何度も無駄にしやがって」

羽鳥が甲高《かんだか》い声で罵《ののし》り、丸めた台本をコンクリートの床《ゆか》に力まかせに叩きつけた。

ムービーカメラのフィルムが停《と》まった。スタッフは一様《いちよう》に下を向いている。

「すみません。もう一度やらせてください」

成瀬は頭を下げながら、大声で頼んだ。発した声は被り物の中で、くぐもった。

「おたく、おれの映画を軽く見てんじゃないの？」

「そんなことはありません」

「だったら、もっと真剣に演《や》ってくれ。演技にちっとも熱が入ってないじゃないかっ。どこか投げ遣《や》りなんだよ」

「一所懸命に演《や》ってるつもりなんですが……」

「動きが、どうしても人間っぽく見えてしまうんだ。おたく、モニターで自分の演技をちゃんとチェックしたよな？」

「ええ」

「なら、もう少し増《ま》しな芝居をしてくれよ」

「頑張ります。監督、テイク6《シックス》をお願いします」

「もうフィルムが無駄になるだけだろう」

「ご迷惑でしょうが、もう少し演《や》らせてください」

「おたく、出身はどこなの？」

「千葉の銚子《ちょうし》です」

「家業は？」

「親父が魚の仲卸《なかおろ》しをやっています」

「それだったら、田舎《いなか》に帰って、親父さんの仕事を手伝ったら？　はっきり言わせてもらうけど、おたく、スーツタレントとしての才能ないよ」

羽鳥が冷ややかに言い放った。

成瀬は下唇を嚙んだ。頭の中は無数の気泡《きほう》で塞《ふさ》がれていた。気泡と気泡が烈《はげ》しくせめぎ合い、いまにも弾《はじ》けそうだ。背中のくぼみに汗が溜《た》まっている。トランクスはぐっしょりと濡《ぬ》れていた。なんとも不快だ。

「おたく、昔はスタントマンだったんだよな？」

「ええ、そうです。それが何か？」

「田舎に帰りたくないんだったら、かつての仕事仲間と組んでスタントショーでもやるんだね」

羽鳥の言葉は棘々《とげとげ》しかった。成瀬の頭の中で、気泡が相次《あいつ》いで爆《は》ぜた。

「なんとか言えよ」

「他人《ひと》の指図《さしず》は受けたくねえな」

「おい、ずいぶん横柄《おうへい》な口をきくじゃないか。いつからプロデューサーになったんだっ」

「おれは、しがない着ぐるみ役者《スーツタレント》だよ。けどな、そっちよりも年上なんだ。若い奴に無能呼ばわりされりゃ、いい気持ちはしない」

「監督に従《したが》いたくないんだったら、役を降りてくれ」

「わかった。そっちの映画になんか出たくねえや」

「いまの言葉、絶対に忘れないぞ」

羽鳥が喚《わめ》いた。震え声だった。青白い頰《ほお》は引き攣《つ》っている。

成瀬は手早《てばや》く被り物を外し、若い監督に皮肉を浴びせた。

「そんなにいい映画撮《シャシンと》りたいんだったら、そっちがこのスーツを着ろよ」

「か、監督を侮辱《ぶじょく》するのか⁉」

「そっちが監督でございと偉そうにしてられるのは、父親の威光《いこう》があるからだろうがっ」

「なんて奴なんだ！　後《あと》で悔《く》やんでも知らないぞ。ばかな男だ」

羽鳥が息巻《いきま》き、憤然《ふんぜん》とスタジオを飛び出していった。取り巻きのスタッフたちは顔を見合わせ、慌《あわ》てて羽鳥の後を追った。

「成瀬さん、まずいですよ。すぐ監督に謝《あやま》ってください」

チーフ助監督の児玉直也《こだまなおや》がそう言いながら、駆け寄ってきた。

「おれは降板すると決めたんだ。謝罪する気はないっ」

「我《が》を張らないで、謝っちゃいなさいよ。監督は少しわがままだけど、苦労知らずのお坊ちゃんだから、赦《ゆる》してくれますって」

「失《う》せろ！」

「えっ？」

「うっとうしいから、消えろって言ったんだっ。もたもたしてると、顔面に正拳《せいけん》をぶち込むぞ」

「どうかしてますよ、成瀬さん」

「いいから、おれから離れるんだっ」

成瀬は声を張った。

児玉が気圧《けお》され、後ずさる。数メートル退《さ》がり、急に身を翻《ひるがえ》した。大柄な男だが、妙に背中が小さく見えた。

児玉は羽鳥の顔色をうかがいながら、取り入ることだけを考えて生きているような人間だ。器《うつわ》の小ささが反映しているのだろう。

成瀬は脇腹《わきばら》のファスナーを引き下げながら、あたりを見回した。

怪獣の着ぐるみは自分ひとりでは脱《ぬ》げない。すぐにスーツタレント仲間の辻涼太《つじりょうた》が走り寄ってきた。

成瀬よりも三つ若い。辻は、二十代の後半までミュージカル劇団の準団員だった。

だが、なかなか芽が出なかった。着ぐるみ役者になったのは身過《みす》ぎ世過《よす》ぎのためだろう。

「成瀬さん、なぜキレちゃったんです？」

「我慢にも限界があるじゃないか。辻、早く着ぐるみ《スーツ》を脱がせてくれ。汗みずくなんだ」

成瀬は急《せ》かした。

「おれ、監督のところに一緒に行ってもいいですよ。監督に詫《わ》びを入れとかないと、今後、映画の仕事ができなくなるんじゃないですか。アトラクションの仕事だけじゃ、張りがないでしょ？」

「もういいんだ。辻、おまえは気が好《よ》すぎるぞ。他人《ひと》のことよりも、自分の将来を考えろ」

「え？」

「おまえ、いつかちゃんとした舞台俳優になりたいと言ってたよな？」

「ええ。だけど、見果てぬ夢で終わりそうです」

辻が自嘲《じちょう》的な笑《え》みを浮かべ、成瀬の着ぐるみを剝《は》がしにかかった。

「ニーチェか誰かが、こう言ってる。人間は幻想なしでは生きられない。幻想を夢という言葉に置き換えてもいい」

「大学出は、さすがに言うことが違いますね。おれなんか、工業高校しか出てないから、難しいことは何もわからない。なんかコンプレックスを覚えちゃうな」

「おれが卒業したのは三流の私大なんだ。だから、引け目を感じることはない。それにな、さっきの格言は酒場でどこかのおっさんに教わったんだよ」

「なあんだ、そうだったんですか。それはそうと、私生活で何かあったのかな」

「何かって？」

成瀬は訊《き》き返した。

「たとえば、一緒に暮らしている及川響子《おいかわきょうこ》さんと昨夜《ゆうべ》、派手な痴話喧嘩《ちわげんか》をしたとか？」

「おれは彼女のヒモみたいな存在だから、喧嘩なんかしないよ。響子に追い出されたら、哀《あわ》れなホームレスになっちまうからな。だからいつも彼女のご機嫌を伺《うかが》ってるんだ」

「プライドの高い成瀬さんがそんなことするわけない。彼女のほうが、成瀬さんにぞっこんなんでしょ？」

「同棲しはじめた二年前はそうだったかもしれないが、いまは飽《あ》きられてるにちがいないよ」

「四年前のアクシデントがなかったら、いまごろ成瀬さんはスタント界の巨星になってたと思うな」

「時は過ぎ去り、物みな朽《く》ち果て、人は滅びゆく」

「なんなんです、それ？」

「さっき話したおっさんが酔うたびに呟《つぶや》いてる言葉だよ。誰かの詩の一節なんだろう。いまのフレーズ、なぜか気に入ってるんだ」

「諸行無常《しょぎょうむじょう》って意味なんでしょうか？」

「そう解釈してもいいだろうな。人間は確実に死ぬ。そう考えたら、ちまちまと生きてることがなんだかつまらなくなったんだ」

「確かに、そうですよね。ところで、この仕事を本気で投げちゃうんですか。二週間の拘束《こうそく》で、成瀬さんのギャラは六十万円でしたよね？」

「ああ。そっちは子供の怪獣役なんで、おれよりも少しギャラが安かったんだっけな」

「四十万です、税込みで」

「それじゃ、おれの役をおまえがやれるようチーフ助監督に言っといてやろう」

「いいですよ」

辻がワイパーのように手を横に振った。

「遠慮すんな。こっちは、もう怖いものはないんだ」

「成瀬さんの俠気《おとこぎ》は嬉《うれ》しいけど、お情《なさ》けで出番の多い役を得ても……」

「面倒臭《めんどうくさ》いことを考える奴だな。なら、好きにしろ。悪いが、おれのスーツを片づけといてくれないか」

成瀬はトランクス姿でスタジオを出ると、隣の建物に足を踏み入れた。

大部屋俳優用のシャワールームで汗を流し、衣服をまとった。

といっても、黒いTシャツに同色のチノクロスパンツという軽装だった。麻の白いジャケットを小脇に抱えて、大部屋を出る。

スタジオの横を歩いていると、上着の内ポケットの中でスマートフォンが鳴った。

成瀬はスマートフォンを摑み出した。発信者は所属プロダクションの古谷智司《ふるやともじ》社長だった。

四十四歳で、顔は男臭い。それなのに、ふだんは女言葉を使っている。

「成瀬ちゃん、どういうつもりなのよっ」

「何がです？」

「羽鳥監督を怒らせちゃったんだってね。あんた、いったい何考えてるの！　少し前に監督に詫びの電話を入れといたから、あんたも必ず謝罪に行きなさいよ」

「おれは、もう尻《けつ》を捲《まく》ったんだ。役は降ります！」

成瀬は言った。すると、急に古谷が男言葉で凄《すご》んだ。

「てめえ、おれの顔に泥を塗《ぬ》るつもりなのかっ。言いたかねえけど、おまえには割のいい仕事を回してやったはずだぜ」

「しかし、年に稼がせてもらったのは二百万足らずだった」

「てめえがもっと欲を出さねえから、実入《みい》りが少ねえんだろうが！　先月だって、保育園巡回の着ぐるみショーの仕事を断りやがって」

「あのときは体調がすぐれなかったんですよ」

「下北沢《しもきたざわ》でジャズダンス教室をやってるパートナーの要求が激しくて、太陽が黄色く見えたってか？」

「社長、響子はもう三十九歳ですよ」

「三十《さんじゅう》させごろ、四十《しじゅう》しごろって言うじゃねえか」

「確かにおれは響子の世話になってますが、セックスペットとして飼《か》われてるわけじゃない」

「カッコつけるんじゃねえよ。本編の仕事を降りるんだったら、当分、アトラクションにも出させねえぞ。それでもいいんだなっ」

「好きなようにしてください。いまのおれは虫けらみたいな男かもしれませんが、ささやかな自尊心も意地もあります。ほら、一寸《いっすん》の虫にも五分《ごぶ》の魂《たましい》って言うでしょうが」

「利いた風なことをぬかすな。男だったら、まず自分で喰《く》えるようにしろ。スーツタレントになりたがってる奴は大勢いるんだ」

「それなら、そういう連中に仕事を回してやればいい。おれは、きょうから自由にさせてもらいます」

「どうやって喰《く》っていくんだよ？」

「余計なお世話だっ」

成瀬は言い放ち、乱暴に電話を切った。子供じみていると思いつつも、感情を抑《おさ》えることができなかった。それほど怒《いか》っていた。

成瀬はバスを利用して、最寄《もよ》りの私鉄駅に向かった。電車を乗り継《つ》ぎ、世田谷区松原《まつばら》にある響子のマンションに戻る。

七時半を回っていた。賃貸マンションだが、間取りは２ＬＤＫである。

成瀬は、預かっているスペアキーで部屋に入った。

室内は明るい。きょうはジャズダンス教室は休みだ。成瀬は黒いレザースニーカーを脱ぐと、居間に直行した。

響子はリビングソファに腰かけ、テレビのドキュメンタリー番組を観《み》ていた。インド綿の白っぽいホームドレスが涼しげだ。

元ジャズダンサーだけあって、プロポーションは悪くない。顔立ちも整っているが、さすがに肌は瑞々《みずみず》しさを失いかけている。

「お疲れさま！　すぐ食事にする？」

響子が遠隔操作器《リモート・コントローラー》を使って、テレビの電源を切った。成瀬は曖昧《あいまい》にうなずき、長椅子《ながいす》にどっかと坐った。

「浮かない顔してるわね。仕事で何かトラブルでもあった？」

「羽鳥がおれの演技にあんまり文句をつけるんで、怒鳴《どな》り合ったんだ」

「それで、どうしたの？」

「勢いで、おれは降板することになった」

「えっ、嘘《うそ》でしょ⁉」

「ほんとだよ。監督に詫びを入れろと電話で言ってきた古谷社長ともぶつかって、最悪な結果になったんだ。明日、ハローワークに行ってみるよ」

「スーツタレントは廃業するってこと？」

「そういうことになるな。あまり将来性のある仕事じゃないから、いい潮時《しおどき》だろう」

「よくそんな呑気《のんき》なことが言えるわねっ」

響子が細い眉《まゆ》を逆立《さかだ》てた。

「ちゃんと仕事は見つけるよ」

「何を言ってるの。わたしは、あなたがいつかスタントマンに復帰できると信じて、この二年間、懸命に支《ささ》えてきたのよ」

「そうしてくれって、頼んだ覚えはないがな」

「ええ、そうね。だけど、わたしが何を願ってるかはわかってたはずよ」

「おれだって、スタントの仕事に戻りたいさ。だけど、使ってくれる会社がないんじゃ、どうすることもできないだろうが！」

「それだったら、スタントマンの養成所を開いてもいいでしょ？　いまの仕事をせっせとこなしていれば、いつかは開業資金だって……」

「年収二百万弱で、開業資金をどうやって工面《くめん》しろって言うんだっ」

「家賃や食費はわたしが負担して、その上、毎月十万円の小遣いを渡してるわよね。その気になれば、年に百五、六十万は貯《たくわ》えられるんじゃない？」

「男に酒のつき合いをやめて、禁煙もしろって言うのかっ」

「稼ぎが少ないんだったら、仕方ないでしょうが！」

「もう一度言ってみろ」

成瀬は背当てクッションを引っ摑《つか》み、響子に投げつけた。背当てクッションは響子の乳房に当たり、足許《あしもと》に転がり落ちた。

「まるで駄々《だだ》っ子ね。あなたも、もう三十八歳なのよ。もう少し大人になりなさいな」

「一つ年上だからって、偉そうに説教なんか垂《た》れるなっ」

「そういう子供っぽさが厭《いや》なのよ。以前は、母性本能をくすぐられたけどね」

「おれが重荷になったってことか？」

「正直に言うと、そう感じるときもあるわ。あなた、あまり向上心がないから」

「なんだと⁉」

「わたしを殴りたいんだったら、殴ればいいでしょ」

響子が開き直って、すっくとソファから立ち上がった。コーヒーテーブルを回り込もうとしたとき、フローリングの背当てクッションに足を取られた。

響子はよろけ、床に横倒しに転がった。

弾みでホームドレスの裾《すそ》が乱れ、むっちりとした白い腿《もも》が露《あらわ》になった。なまめかしかった。成瀬は何か荒々しい性衝動《リビドー》に駆られた。長椅子から離れ、上体を起こした響子を床に押し倒す。

「な、何よ。やめて！　こんなときに、どういう神経してるのよっ」

響子が全身で抗《あらが》った。

成瀬は胸を重ね、響子の唇を吸いつけた。響子は歯を嚙みしめ、舌の侵入を許さない。

成瀬は逆上し、ホームドレスを引き裂《さ》いた。砲弾型の乳房を剝《む》き出しにして、真珠色《しんじゅいろ》のパンティーを足首から抜き取る。

「わたしを犯すような形で抱いたら、もうおしまいよ」

響子が宣言するように言い、体の力を抜いた。

成瀬はたじろぎそうになったが、チノクロスパンツとトランクスを一緒に脱ぎ捨てた。すでに欲望は猛《たけ》っていた。

成瀬は響子の股を強引に割った。

秘めやかな場所は潤《うる》んでいなかった。自分の唾液《だえき》を亀頭《きとう》に塗りつけて、珊瑚色《さんごいろ》の合わせ目を指で捌《さば》く。

そのまま成瀬は乱暴に体を繋いだ。響子が痛みに呻《うめ》く。

成瀬は一気に奥まで分け入り、ダイナミックに腰を躍《おど》らせはじめた。じっと横たわった響子は、虚《うつ》ろな目で天井を見つめていた。

成瀬は、がむしゃらに動いた。

突き、捻《ひね》り、また突く。律動を速《はや》めると、律動を速《はや》めると、背筋が浮き立った。次の瞬間、かすかな痺《しび》れを伴《ともな》った快感が脳天まで駆け上がった。

射精感は鋭かった。しかし、ひどく後味《あとあじ》が悪い。成瀬は気持ちが重くなった。自己嫌悪に陥る。

「悪かった。おれ、どうかしてたよ」

成瀬は言い訳しながら、体を離した。

響子は黙したままだった。成瀬はティッシュペーパーで下腹部を拭《ぬぐ》って、手早くトランクスとチノクロスパンツを穿《は》いた。長椅子に腰かけ、セブンスターをくわえる。その直後、響子が起き上がった。パンティーは丸められ、掌《てのひら》に隠されていた。

「今月中に部屋から出ていって」

響子は醒《さ》めた声で言うと、浴室に向かって歩きだした。声すらかけられない雰囲気だった。

成瀬は溜息《ためいき》をつき、ライターを握り込んだ。

2

怒号が交錯《こうさく》した。

男同士が怒鳴《どな》り合っている。喚《わめ》き声は、馴染《なじ》みの居酒屋『浜作《はまさく》』から響いてきた。

店は井の頭線渋谷駅のガード下のそばにある。

成瀬は足を速《はや》めた。響子が浴室に消えると、すぐ彼は松原のマンションを出た。むしゃくしゃしていた。

あと数分で、八時半になる。こんな夜は、飲まずにはいられない。

成瀬は『浜作』に飛び込んだ。

常連客の磯村暁《いそむらあきら》が、左手の小上《こあ》がりの横で大学生と思《おぼ》しい男と胸倉を摑み合っていた。小上がりの隅のテーブル席には、男の連れが三人いた。いずれも大学生だろう。そのうちのひとりは、色白の娘だった。

店内には三十人ほどの客がいた。

だが、誰も仲裁に入る様子はない。そのくせ、客たちは聞き耳を立てている。

「ここはカラオケ店じゃないんだ。歌うなと注意したことに腹を立てるなんて、きみ、どうかしてるぞ」

　磯村が相手の若い男を叱《しか》りつけた。

「別に大声で歌ってたわけじゃねえだろっ。口ずさんだだけだろうが！」

「それでも耳障《みみざわ》りだったんだよ。迷惑だったんだ。だから、マナーを教えてやったんじゃないか」

「うぜえんだよ、そういうのがさ」

「静かに飲みたい客も大勢いるんだ。きみたち、帰れ！」

「ここは、おっさんの店かよっ。オーナーでもないのに、偉そうなことを言うんじゃねえや」

　若者が言いざま、膝頭《ひざがしら》で磯村の股間《こかん》を蹴《け》り上げた。

　磯村が呻《うめ》いて、その場にうずくまった。若い男は薄笑いを浮かべながら、小上がりに片足を掛けた。成瀬は若者につかつかと歩み寄り、声をかけた。

「こういう場所で暴力を振るうのもマナー違反だな」

「誰なんだよ、あんた？」

「この店の客だよ」

「おれと殴り合いたいらしいな。いいだろう、相手になってやる」

若者が体の向きを変え、前蹴りを放つ姿勢をとった。

成瀬は先に踏み込んで、相手の水月《すいげつ》に右逆拳突《みぎぎゃくけん》きを見舞った。空手道では、鳩尾《みぞおち》を水月と呼ぶ。若い男が前屈《まえかが》みになった。

成瀬は相手の後ろ襟《えり》を摑んだ。

「救急車に乗りたくなかったら、友達と一緒におとなしく帰るんだな」

「あ、あんた、空手の有段者じゃないのか」

「一応、三段だ。それより、どうする？」

「帰る。すぐ帰ります」

若者が怯《おび》えた目で答え、連れの三人を促《うなが》した。四人は勘定を払うと、そそくさと店を出ていった。

「成《なる》やん、ありがとな」

磯村が礼を言って、のろのろと立ち上がった。

ちょうどそのとき、七十歳近い店主がカウンターの奥から現われた。藍色《あいいろ》の作務衣《さむえ》姿だった。短く刈り込んだ髪は真っ白だ。

「成瀬さんが若い連中を追っ払ってくれたんで、ほっとしたよ。磯村さんに喰《く》ってかかった奴に何度も自分の席に戻れって言ったんだけど、てんで言うことを聞いてくれなかったんだ」

「近頃の若い奴らはキレやすいからね」

「そうなんだよな。よっぽど刺身《さしみ》庖丁《ぼうちょう》で威《おど》してやろうと思ったんだけど、それもちょっと分別がないと……」

「そんなことしなくてよかったよ。親爺《おやじ》さんが庖丁なんか振り回したら、ほかの客たちも逃げ出したにちがいない」

「そうだろうね。とにかく、恩に着るよ。後で、成瀬さんの席に肴《さかな》を二、三品運ばせてもらう」

「親爺さん、そんな気は遣《つか》わないでください」

成瀬は言った。店主は曖昧《あいまい》に笑って、カウンターの中に戻った。

「磯《いそ》さん、テーブル席で一緒に飲みませんか？」

「そうするか。おれ、カウンターで飲んでたんだ」

「隅の席がいいな」

「先に坐っててくれないか。ちょっと出すものを出してくる」

磯村がそう言い、奥まった場所にあるトイレに足を向けた。

成瀬は小上がり寄りのテーブル席に腰かけ、生ビールと数種のつまみを頼んだ。

煙草に火を点《つ》け、ぼんやりと磯村のことを考えた。七十二歳の磯村は、元雑誌編集者である。若々しく、六十代にしか見えない。

かつては全共闘の活動家だった。磯村は三十九歳のとき、ある小説誌の新人賞を取った。学生時代から小説の習作を重ねていた彼は、その受賞をきっかけに勤めていた雑誌社を辞めてしまった。

無謀《むぼう》な話だが、それなりの成算もあったのだろう。磯村は伝手《つて》を頼って、書き溜《た》めた原稿を次々に出版社に持ち込んだ。どの作品にも自信はあったらしいが、活字になったのは数編の短編小説だけだった。それだけでは、とても文筆で生計を立てることはできない。

磯村は貯《たくわ》えを取り崩しながら、三作の長編小説を意欲的に書き上げた。さっそく知り合いの文芸編集者に原稿を売り込んだのだが、一編も採用されなかった。

妻子を路頭に迷わせるわけにはいかない。磯村は専業小説家になる夢を捨て、ゴーストライターになった。もともと筆は速《はや》いほうだった。

磯村は芸能人や名の知れたスポーツ選手の自叙伝の代筆を精力的にこなし、わずか数年で地味な小説家たちよりもはるかに稼ぐようになった。よくあるパターンだが、成り上がり者はつい有頂天《うちょうてん》になりがちだ。

磯村は流行作家のように銀座の高級クラブを飲み歩き、女遊びにうつつを抜かした。そうこうしているうちに、代作の仕事で親しくなったアイドル歌手と熱烈に愛し合うようになった。その浮気が因《もと》で、夫婦仲は冷えてしまった。結局、磯村は妻と離婚する羽目になった。ひとり娘は妻が引き取った。二十年近く前のことだ。

磯村は不倫相手と同居するようになった。相手の女性は芸能界から引退し、磯村に尽くした。

だが、二人の蜜月《みつげつ》関係は脆《もろ》くも一年弱で崩れてしまった。元アイドル歌手は人気作曲家と深い仲になり、磯村の許《もと》から去っていった。不倫は危険を孕《はら》んでいるからこそ、双方が熱く燃え上がる。なんの障害もなくなったとたん、互いに相手が色褪《いろあ》せて見えるのかもしれない。

いま磯村は、下北沢の賃貸マンションで独り暮らしをしている。ゴーストライターの仕事で、数千万円の年収を稼いでいるようだ。成瀬はちょくちょく酒を奢《おご》ってもらっている。

「おれのグラス、こっちに移してくれないか」

磯村がアルバイトの女子大生に声をかけ、成瀬の前に腰かけた。チャコールグレイの麻の半袖《はんそで》シャツの上に、ベージュの綿ジャケットを羽織《はお》っている。

「磯《いそ》さんは大人ですね」

「何が？」

「離婚直後にオヤジ狩りに遭《あ》ったことがきっかけで、ボクシングジムに通うようになったんでしたよね？」

「そう。自分の体が鈍《なま》ってるのを痛感させられて、ジムに通うようになったんだ」

「その気になれば、さっきの若い奴なんか一発で殴り倒せたはずなのに」

「若い奴をぶん殴ることに、ちょっと抵抗があったんだよ」

「磯さんのそういうとこ、偉いと思うな」

成瀬は言って、短くなったセブンスターの火を揉《も》み消した。

ちょうどそのとき、磯村の飲みかけの冷酒と数品の肴が届けられた。磯村は女子大生のアルバイト従業員に礼を言って、急に声をひそめた。

「いつかさ、一日だけおれの娘になってくれないか。離婚したとき、ひとり娘は十六だったんだ。それ以来、一度も顔を見てないんだよ。もう三十五になってる」

「磯村さんはイケメンだから、お嬢さんも美人なんでしょうね？」

「さあ、どんな大人になったのか。おれの擬似《ぎじ》家族になって食事につき合ってくれたら、きみが欲しがってたブルガリの腕時計をプレゼントするよ」

「食事だけじゃないんでしょ？　その後、わたしをホテルに連れ込む気なんじゃない？」

「おれをそのへんのスケベ野郎と一緒にしないでくれ。小娘をどうこうする気なんかないよ。この年齢《とし》になったら、熟《う》れた女性にしか興味がない。下心のある〝パパ活〟なんかじゃないんだ」

「ほんとかしら？」

「どうだい？」

「考えておきます」

「なかなか賢いな、きみは」

「真面目《まじめ》に考えてみます」

女子大生は磯村を甘く睨《にら》み、さりげなくテーブルを離れた。すると、磯村が照れた顔で言った。

「彼女の横顔、ちょっと娘に似てるんだよ」

「そうなんですか。娘さん、まだシングルでしたよね」

「そう。風の便りで、大学を出てから外資系の保険会社に就職したと知ったんだが、祝《いわ》ってもやってないんだよ。娘の誕生日に毎年何か贈ってるんだが、きまって包装を解《と》かないまま送り返してくるんだ」

「磯さん、よっぽど娘さんに嫌われちゃったんだな」

　成瀬は同情した。

「おれが若い女に夢中になって、母親を苦しめたことが赦《ゆる》せないんだろうな。幾度か元妻の住まいを訪ねたんだが、娘は頑《かたく》なにおれと会おうとしなかった。ま、自業自得だよな」

「磯さん、なんかいつもと様子が違うね。何かあったんですか？」

「ちょっとな」

「おれでよかったら、話してみてくださいよ。ほら、悩みは誰かに打ち明ければ、気持ちが楽になるって言うでしょう？」

「それじゃ、成《なる》やんに愚痴《ぐち》を聞いてもらおうか」

　磯村は冷酒を呷《あお》り、すぐに言い重ねた。

「去年の秋、おれがＡＶ女優上がりのテレビタレントの告白本を代筆したことは知ってるよな？」

「ええ、もちろん。ベストセラーになった本ですからね。おれは読んでませんけど、話題になったし、磯さんから録音音声を起こして原稿にしたという話も聞いてたんで」

「そうだったな。元ＡＶ女優が家出中に六本木で遊んでる坊やたちにドラッグ・パーティーに誘われて、その連中に輪姦《マワ》されたってエピソードが本の中にあるんだよ」

「へえ。それが何か？」

「四人のレイプ犯の中に、元首相の孫がいたんだ。おれは、そのことを原稿にしたんだよ。もちろん、ぼかした書き方をしたんだがね。しかし、元首相の娘がその告白本を読んで、自分の息子が犯人扱いされてると著者と出版社を名誉毀損《きそん》で告訴したんだ」

「それで？」

「おれは驚いて、元ＡＶ女優に改めて事実関係を確かめた。彼女は嘘なんかついてなかった。元首相の孫の医大生は二番目に元ＡＶ女優を犯したと証言してくれたんだ。ただ、強姦（現・強制性交等）は親告罪《しんこくざい》だからね。元ＡＶ女優は四人に輪姦されても、警察には駆け込まなかったんだよ。自分もコカインを鼻から吸引してたんでさ」

「で、裁判はどうなったんです？」

「おれは告白本の発行元にとことん争うべきだと言ったんだが、会社は代筆者のおれを軽率だと責めて、結局、和解に応じてしまったんだよ。表向きの著者も、それに従わざるを得なくなってしまったんだ」

「原告は告訴の取り下げに、どういう条件を付けてきたんです？」

　成瀬は問いかけ、生ビールのジョッキを傾《かたむ》けた。

「告白本をすべて書店と取次店から回収し、三大全国紙に謝罪広告を載せろと言ってきた」

「版元は条件を全面的に呑《の》んだのかな？」

「ああ。おれは元首相一族の圧力に屈《くっ》した大出版社に腹を立て、縁切り宣言をしたんだ」

「カッコいいな。たいていの奴は、長いものに巻かれちゃいますからね」

「これでも若いころは反骨精神の塊《かたまり》だったんだ。しかし、雑誌社に入ってからは、だんだん他人《ひと》と折り合うことに馴《な》れてしまって、いつしか心の牙《きば》は丸くなってた。全共闘運動に熱を入れてたころは、あらゆる権力に迎合《げいごう》すまいと本気で思ってたし、自分たち団《だん》塊《かい》の世代がスクラムを組めば、腐り切った社会を変えられると信じて疑わなかった」

「でも、それは幻想だった？」

「幻想とは言わないが、社会のシステムを変えるのは生やさしいことじゃなかったよ。ある種の挫折感《ざせつかん》を味わわされた仲間たちは長かった髪を切り、それぞれが社会の一員になった。といっても、ただの羊になったわけじゃない。多くの奴らが社会の内側から歪《ひず》みを直そうと考えてたと思うんだ」

「磯さんたちの世代の人間って、すごく真面目なんだな。おれと同世代の連中は、たいがい自分のライフスタイルを崩したくないと考えてるだけで、社会の歪みなんてことには関心がないだろうね」

「いや、関心はあるはずだよ。しかし、大半の人間が目先の利益を追いかけてるうちに、いつしか義憤《ぎふん》さえ覚えなくなってしまったんだろう」

磯村が空のグラスを高く翳《かざ》し、冷酒のお代わりをした。

「そうなのかな」

「おれは、そう思ってる。偉そうなことを言ってるおれだって、日常生活に埋没《まいぼつ》してるうちに心の牙を抜かれて、ただの老人になってしまった。これじゃ男として、あまりにも情けない。いつか男の復権をめざさなきゃな」

「磯さんは七十二だけど、精神はずっと若いですよ。少なくとも、おれよりも若々しい」

「なんだか話が横道に逸《そ》れてしまったな。成《なる》やん、話を元に戻すぞ」

「ええ、どうぞ」

成瀬は枝豆を抓《つま》み、口の中にほうり込んだ。

「おれは大出版社と喧嘩しても、ゴーストライターで喰っていけると楽観してた。すぐにも別の出版社から、タレント本の代作の依頼が次々に舞い込むと思ってたんだよ」

「ところが、そうはならなかった？」

「そうなんだ。おそらく出版社の多くは、おれがつい筆を滑らせて筆禍《ひっか》事件の種を蒔《ま》いたと早合点したんだろう。あるいは……」

磯村が言いさして、急に口を噤《つぐ》んだ。

「あるいは、なんなんです？」

「おれをお払い箱にした大手出版社が業界に悪い噂《うわさ》を流したのかもしれない。それから、元首相が各出版社におれに仕事をさせるなと圧力をかけた可能性もあるな」

「どっちなんですかね」

「その両方だったのかもしれない。そうじゃなければ、ヒットを飛ばしつづけてきたゴーストライターを干《ほ》すわけがないだろう。自分で言うのも変だけどさ。出版は文化でもあるが、同時に商売《ビジネス》でもある。大きな利益をもたらしてくれるライターを切るのは、要するに無視することのできない事情があったからだよ」

「そうなんでしょうね。磯さん、干されてから半年ぐらい経《た》つの？」

「もう丸八カ月、一行も書いてない。このまま、ゴーストライティングの依頼は永久にないだろう。実はそう思って、また密《ひそ》かに数カ月前から小説を書きはじめてるんだ」

「昔の夢を追いかけるのも悪くないんじゃないかな」

成瀬は、肉じゃがの鉢《はち》を手前に引き寄せた。

そのとき、店主が冷酒のボトルと数種の肴を運んできた。

「これ、お二人でどうぞ！」

「悪いね、大将」

磯村が恐縮し、ぺこりと頭を下げた。店主は手を横に振って、すぐに下がった。

成瀬は冷酒のボトルを持ち上げ、磯村のグラスに注いだ。サービスで届けられた刺身の盛り合わせと穴子《あなご》の白焼きは、いかにもうまそうだった。

「さっきの話のつづきだけど、小説の筆を起こしたのはいいんだが、どうもうまく書けないんだよ。代作をやり過ぎて、筆が荒れてしまったのかな」

「別に焦ることはないでしょ？　磯さんは売れっ子のゴーストライターで、しっかり稼いできたわけだから」

「多少の貯えはあったんだ。けどね、スタンド割烹《かっぽう》の女将《おかみ》に入れ揚げて、いまは文なしに近い。小股の切れ上がったいい女だったんだが、店を潰して年下の板前と駆け落ちしてしまったんだ。せめて店の保証金でも回収してやろうと思ったんだが、出入り業者の酒屋や魚屋がすでに押さえてて、結局、一銭もおれの懐には入ってこなかった」

「磯さんも悪い女に引っかかりましたね」

「そうなんだが、別に女将のことは恨《うら》んでない。ずっと年上のじじいに、久しぶりに胸のときめきを与えてくれたんだから、逆に感謝したいぐらいだよ」

「どのくらい貢《みつ》いだの？」

「三千万以下ってことはないだろう」

「磯さんはキリストみたいな人間だな。呆《あき》れるよりも、なんか尊敬したくなっちゃうね。並の男は、そこまで慈愛に満ちた心は持てないでしょ？」

「おれは独り身だからね。自分が喰っていければ、それでいいんだ。ただ、男に生まれたからには、いつか狼《おおかみ》になりたいね。敗北者のままで羊のように死んでいくんじゃ、なんか哀《かな》しすぎるだろう？」

「磯さん、おれもいま同じ気持ちなんですよ」

「成《なる》やんは怪獣映画の大きな仕事が回ってきたんだから、これからが男時《おどき》じゃないか」

磯村は合点がいかない顔つきだった。成瀬は羽鳥監督と揉めた上に、同棲相手にまで愛想を尽かされてしまったことを打ち明けた。

「われわれ二人は似たり寄ったりの境遇《きょうぐう》になってしまったのか。成《なる》やん、今夜はとことん飲《や》ろう。ビールなんか、早く空けちまえよ」

磯村が煽《あお》った。成瀬は一気にビールジョッキを空《から》にして、冷酒に切り替えた。

「おれは、このまま沈みませんよ。スタントの仕事に復帰できなくても、必ず再起して見せる」

「その調子、その調子！　成《なる》やん、こっちも何かやるよ。小説で勝負できなくても、別の何かで再起するつもりだ。そして、きっちりと人生の決着をつけてやる」

「磯さんなら、やれますよ。このおれが保証しちゃう」

「そうかい。なんだか少し元気が出てきたな」

「少しじゃ、駄目ですよ。全速力で突っ走るぐらいの元気を出さなきゃね」

「そうだな。成《なる》やん、どんどん飲んでくれ。貧乏になってしまったが、酒代ぐらいは心配するなって」

磯村が胸を叩き、冷酒のボトルを摑み上げた。

成瀬はグラスを呷《あお》った。

3

さすがに酔いが回ってきた。

成瀬は冷酒をひと舐《な》めしただけで、グラスを卓上に置いた。すでに二人で八本のボトルを空けていた。

「成《なる》やん、きっちり人生に決着を付けてやろうな」

磯村が体を揺らめかせながら、酔眼を向けてきた。

「さっきから、同じことを何度も繰り返してますよ」

「ま、いいじゃないか。何遍《なんべん》も自分に言い聞かせておかないと、人間って奴は楽な生き方をしちゃうからな」

「それは言えてますね」

「成《なる》やん、ジャズダンス教室の先生とはどうするんだ？」

「唐突な質問だな」

「お節介《せっかい》を焼くようだけど、パートナーに未練があるんだったら、別れないほうがいいね。そのあたりはどうなの？」

「いまも響子のことは嫌いじゃありません。さんざん世話になったから、何か恩返しをしたいとも思ってます」

「そう」

「だけど相手に愛想尽かされたら、もう同棲は無理でしょ？」

「パートナーは本気で、成《なる》やんに今月中に出ていってくれと言ったんだろうか。つい感情的になって、そんなことを口走っただけなんじゃないのかな」

「そのあたりのことは、おれ、読み取れませんでした」

「彼女は、成《なる》やんと本気で別れたいなんて思っちゃいないだろう。そのうち心の痼《しこ》りが消えれば……」

「しかし、おれも男ですからね。同棲相手にああまで言われたら、別の塒《ねぐら》を見つけないと。そうじゃなきゃ、男が廃《すた》るでしょう?」

「こっちにもう少し金銭的な余裕があれば、アパートを借りる費用ぐらいは出世払いで貸してやれたんだがな」

「いいんですよ、磯さん」

「こっちのマンションは振り分けタイプの2DKだから、ひと部屋提供してもいいよ。いまは部屋が取っ散らかってるけど、成《なる》やんが来るなら、きれいに掃除しておく」

「磯さんにそこまで甘えるつもりはありません。なんとか自力で塒を確保します」

「そうか。お互いに差し当たって、生活の基盤を整えないとな。何かいい儲《もう》け話があればいいんだが、それを期待するのはちょっと甘いか」

「甘いでしょうね。まだ景気が回復してないから、おいしい話が転がってても、他人に先取りされちゃいますよ」

「だろうね」

「せめて割のいいバイトがあればいいんだがな」

成瀬は言って、煙草に火を点けた。ふた口ほど喫《す》いつけたとき、スマートフォンに着信があった。

スマートフォンを耳に当てると、響子の硬い声が流れてきた。

「今夜は、ここに帰ってこないで。あなたの顔を見たら、また喚《わめ》き散らしたくなっちゃうから」

「響子、おれは……」

「何も言わないで。いまは、そっとしておいてほしいの」

「わかった」

「ね、ビジネスホテルに泊まれるぐらいのお金は持ってるの？」

「そこまで心配してくれなくてもいいよ。金が足りなかったら、公園のベンチで寝る。少々、蚊に刺されるだろうけどな」

「狡《ずる》い言い方ね」

「えっ、どこが狡いんだ？」

「そんな言い方されたら、あなたを放っておけない気持ちになるでしょうが」

「別に響子に甘えるつもりで言ったんじゃないよ」

「例によって、『浜作』で飲んでるんでしょ？」

「そうだが……」

「誰か友達にでも頼んで、そこに今夜の宿泊代を届けてもらうわ。閉店時間は何時だったっけ？」

「そんなことされたら、男のプライドはどうなるんだっ」

思わず成瀬は声を張ってしまった。

「なんなのよ、偉そうに。そういうことは、甲斐性《かいしょう》のある男にしか言えない台詞《せりふ》でしょうが！　違う？」

「男の値打ちは銭《ぜに》で決まるって言うのかっ。冗談じゃない」

「何もそこまで言ってないでしょ。わたしはね、経済的に自立できないうちは、まだ男として一人前じゃないと言いたかったの」

「やっぱり、価値規準は金の稼ぎ高なんじゃないか。よくわかったよ。響子は、稼ぎの少ない男を憐《あわ》れんで居候《いそうろう》させてくれてたわけだ？」

「どうしてそんなふうにひねくれた考え方をするのよ。わたしは挫折しても逆境から這《は》い上がろうとしてる逞《たくま》しさに惹《ひ》かれて、ささやかな応援をしてきたの」

「それはそれは、どうも！」

「ちょっと傷ついたぐらいで、子供みたいな拗《す》ね方しないでちょうだいっ。そういうところが鼻につきはじめたのよ」

響子が言い捨て、通話を切り上げた。成瀬はスマートフォンを上着のポケットに戻した。

「パートナーからの電話だったみたいだね？」

磯村が先に口を開いた。

「そうなんですよ。今夜は別のどこかに泊まってくれってさ」

「それじゃ、おれのマンションに泊まれよ。仕事部屋をざっと片付ければ、成《なる》やんが寝るスペースぐらいは確保できるから」

「磯さんがそう言ってくれるんだったら、今夜だけ厄介《やっかい》になろうかな」

「ああ、そうしなよ。このボトルを空けたら、こっちのマンションに行こう」

「そうしますか」

成瀬は腕時計に目を落とした。午後十時半を回っていた。看板は十一時だった。

少し経《た》つと、店に常連客の片岡進《かたおかすすむ》が入ってきた。

四十二歳の片岡は元刑事の便利屋である。といっても、独居老人の話し相手や墓参《ぼさん》の代行などをしているわけではない。交渉人《ネゴシエーター》として、交通事故の示談や不倫カップルの後始末を手がけていた。

「片岡さん、今夜は遅いですね。あれっ、まだ素面《しらふ》みたいだな」

成瀬は話しかけた。

「ちょっと仕事が忙しいんだ」

「がっぽり稼いでるみたいですね」

「貧乏隙《ひま》なしってやつさ。同席させてもらうかな」

片岡がそう言い、テーブルに歩み寄ってきた。淡いグレイの背広を着込み、きちんとネクタイを結んでいる。

中肉中背だが、どことなく凄《すご》みがある。眼光は鋭く、色が浅黒い。

常連客の噂によると、片岡は三年前まで新宿署の生活安全課にいたという話だ。複数の女性警察官から結婚費用を騙《だま》し取り、職場にいられなくなったらしい。

片岡自身は、その噂話を特に否定しなかった。おそらく事実なのだろう。少し胡散臭《うさんくさ》い面があるが、気の置けない飲み友達だった。

「ここに坐りなよ」

磯村がかたわらの椅子を後ろに引いた。

片岡は磯村の隣に腰かけ、生ビールと焼鳥《やきとり》を頼んだ。

「忙しくて結構だね。おれも成《なる》やんも失業者になりかけてるんだ」

「スーパーゴーストライターと呼ばれてる磯村さんが何をおっしゃいます。稼ぎまくってる方がそういうことを言うと、ちょっと厭味《いやみ》だな」

「ほんとの話なんだ」

　磯村が経緯《いきさつ》を語った。

「そうだとしたら、元首相が出版社に圧力《アツ》をかけたんでしょう。だから、一斉《いっせい》に業界から締め出されたんですよ」

「そう思うか、片岡君は」

「ええ。まず間違いないでしょう。そうなると、小説家で勝負するのは無理だろうな」

　片岡が同情を含んだ声で言い、メビウスをくわえた。火を点けたとき、生ビールとお通しの小鉢《こばち》が運ばれてきた。

「おれのほうは若い監督とぶつかって、本編の仕事を降りちゃったんですよ」

　成瀬はそう前置きして、詳《くわ》しい話をした。

「きみは割に気が短いからな」

「おれ、だいぶ耐えたんですけどね」

「でも、逆ギレしちゃったわけだ？」

「成り行きでね。片岡さんは顔が広いみたいだから、何か割のいい仕事があったら、おれたち二人に紹介してくださいよ」

「おいしい内職があることはあるんだが、多少は調査の仕事をやってない人間には、ちょっと無理かもしれないな」

「片岡さんのところに回ってきた仕事なんですか？」

「そうなんだ。おれは別の交渉事を抱えてるんで、知り合いの探偵にでも手伝ってもらおうと思ってたんだが、磯村さんと成瀬君にやってもらうかな」

「浮気のトラブルの後始末？」

「いや、そうじゃないんだ。ここでは話しにくい内容なんで、こいつを空《あ》けたら、二人ともおれの事務所に来てほしいな」

片岡がそう言い、大ジョッキを口に運んだ。元刑事のオフィスは、『浜作』から二百メートルほど離れた雑居ビルの五階にあった。

成瀬はだいぶ前に一度だけ片岡の事務所を訪ねたことがある。十五畳ほどの広さで、二卓の事務机と応接ソファセットが置かれただけの殺風景なオフィスだった。電話番の女性事務員さえいなかった。

待つほどもなく焼鳥セットが届けられた。串は八本だった。

「二人とも喰《く》ってよ」

片岡が最初に串を抓《つま》み上げた。

成瀬は遠慮なく焼鳥を食べたが、磯村は手を出さなかった。もともと彼は、口がきれいだった。

「二人に仕事を頼むことになりそうだから、ここの勘定はおれが持つよ」

片岡は三人分の飲食代をスマートに支払い、真っ先に表に出た。成瀬と磯村は片岡に従った。

夜気《やき》はまだ暑かった。三人は前後になりながら、目的の雑居ビルに向かった。

暗がりで若いカップルが唇を貪《むさぼ》り合っていた。男はディープキスを交わしながら、大胆にも相手のヒップを撫《な》で回していた。

「若いって、いいなあ」

成瀬は聞こえよがしに言った。二十歳《はたち》前後の男女は、まったく意に介さなかった。

「暗がりで抱き合うのはほほえましいが、電車の中でカップルが人目も憚《はばか》らずに舌を絡《から》め合ってるのは見苦しいね」

片岡が歩きながら、どちらにともなく言った。と、磯村が口を開いた。

「もう二年ぐらい前の話だが、地下鉄電車の中でいちゃついてる若いカップルを叱りつけたことがあるんだよ」

「相手の反応はどうだったんです？」

「二人ともおっかない顔を向けてきたが、何も言わなかったね。それで、そのカップルは次の停車駅でそそくさと降りた。こないだは、電車の中で化粧をしてる十八、九の娘を窘《たしな》めてやったな」

「磯さんはそんなことをやってるから、オヤジ狩りに遭《あ》ったりするんですよ。誰が何をやってたって、黙殺しちゃえばいいでしょうが」

成瀬は会話に割り込んだ。

「いや、そういう考え方はよくないな。先にこの世に生まれてきた者は、若い連中にきちんとした生き方を教えるべきだよ。おれたちの子供のころは、何か間違ったことをすると、近所のおじさんやおばさんがびしばしと注意してくれたもんだ」

「磯さん、時代が変わったんですよ」

「そうだろうが、妙に大人たちが遠慮がちに生きてる世の中はおかしいよ。若い奴らの顔色うかがってるような大人も増えた。実に嘆《なげ》かわしいね」

「変に物分かりのいい大人の代表格は、磯さんたち団塊の世代でしょ？　ビートルズを聴《き》きながら、アメリカのサブカルチャーにも影響を受けた連中が多いから、妙に民主的になってしまった。自分の息子や娘と友達のように接することが理解ある親と何か勘違いしてる奴らもいますよね？」

「そういうベビーブーマーがいることは素直に認めよう。それから同学年の人数がやたら多かったんで、競争心を煽《あお》られて受験勉強だけに励んだ奴らもいたね。しかし、多くの団塊の世代は腐った社会を少しでもよくしたいと考えてた。それだから、あれだけ全共闘運動が盛り上がりを見せたんだよ」

「だけど、社会を変革することなんかできなかったでしょう？　人間はいろいろ理想論を口にしたりするけれど、所詮《しょせん》は利己的な動物ですからね」

「成瀬君、それぐらいにしておけよ。磯村さんに喧嘩売ってるのか？」

片岡が口を挟《はさ》んだ。成瀬はすぐに否定し、磯村に謝った。

「いいんだよ、成《なる》やん。おれは、年上の人間にきちんと反論できる奴は見込みがあると思ってる」

「なら、これからも磯さんには言いたいことを言わせてもらうかな」

「ああ、そうしてくれ」

磯村が屈託なく言って、成瀬の肩を軽く叩いた。片岡が鋭い目を和《なご》ませる。

間もなく三人は古びた雑居ビルに着いた。

エレベーターで五階に上がり、片岡の事務所に入る。片岡は成瀬と磯村を応接ソファに坐らせると、スチールキャビネットから青いファイルを取り出した。

「調査の内容は？」

成瀬は問いかけた。片岡が成瀬の目の前に腰を落とし、仕事の内容に触《ふ》れた。

「ネットオークション会社『掘り出し市場』の矢吹《やぶき》喬《たかし》社長がひとり娘の麻実《あさみ》のスキャンダルのことで頭を悩ませてるんだ。矢吹社長は四十六歳で、聖和女子大二年生の麻実はちょうど二十歳だよ」

「『掘り出し市場』はベンチャービジネスの先駆けですよね。おれ、週刊誌で矢吹社長のインタビュー記事を読んだことがありますよ」

「そう。麻実は男友達のことで父親に意見されて、半年ほど家出したことがあるんだ」

「家出中に若いやくざに騙《だま》されて、ランジェリーパブか風俗の店に嵌《は》められちゃったんでしょ？」

「ちょっと違うんだ。麻実は二週間ほど交際してる男のワンルームマンションに泊めてもらってたんだが、その彼が別の女の子ともつき合ってることを知って、喧嘩別れしちゃったんだよ。親の家にのこのこ戻るのはば<ruby>つ</ruby>が悪いんで、麻実はデリバリーヘルス嬢をやって、生活費を稼ぐようになったんだ」

「社長令嬢がずいぶん思い切ったことをするなあ」

成瀬は驚いた。

「追いつめられて、そんなバイトをやる気になったんだろうね。どうも麻実は客の誰かにフェラチオしてるシーンを隠し撮《ど》りされたらしいんだ。その盗撮動画データを二億円で買い取れと正体不明の脅迫者が麻実の父親に電話をしてきたというんだよ」

「それは、いつのことなんだね？」

　磯村が片岡に訊《き》いた。

「五日前です」

「脅迫電話は矢吹氏の会社に？」

「いいえ、成城五丁目の自宅の固定電話にかかってきたそうです。そのときの遣《や》り取りは録音されています」

「なるほど。それで、片岡君はその録音音声を聴いたのか？」

「ええ、聴きました。脅迫者はボイス・チェンジャーを使ってるようで、声は不明瞭《ふめいりょう》でした。しかし、おそらく二、三十代の男でしょう」

「その後、脅迫電話は？」

「一度かかってきただけだそうです。いたずら電話だった可能性もありますが、おれの勘ですと、犯人は矢吹家の反応を探《さぐ》ってるんだと思いますね」

「そうなのかもしれないな。それで、矢吹氏は片岡くんにどうしてほしいと言ってるんだい？」

「脅迫者を捜し出して、盗撮動画データを押さえてくれと頼まれたんですよ。その後《あと》のことは、矢吹さんが手を打つと言ってました」

「警察の協力を仰《あお》いだら、ひとり娘の恥ずかしい動画が明るみに出てしまうね。矢吹氏は、裏社会の人間に脅迫者を痛めつけさせるつもりなんだろうな」

「ええ。多分ね。おれは盗撮動画データを押さえる仕事を引き受けたんですから、その先のことには関与するつもりはありません」

「そのほうが賢明だね。それで、成功報酬は？」

「一千万円で引き受けました。おれの代わりに磯村さんと成瀬君が盗撮動画データを回収してくれたら、三百五十万円ずつ謝礼を払います」

「片岡君の口利《き》き料は三百万円ということになるが、それでもいいのかな？」

「ええ、かまいません。どうでしょう？」

「ぜひ、やらせてもらいたいね」

「おれも二つ返事で引き受けますよ」

　成瀬は磯村の語尾に声を被せた。

「それじゃ、手持ちのデータを渡そう」

片岡がファイルをおもむろに開き、コーヒーテーブルの上に一葉《いちよう》のカラー写真を置いた。矢吹夫妻と娘の麻実が写っている。

「矢吹氏の奥さんは、ずいぶん若いんだね。もしかしたら、後妻なのかな？」

磯村が写真から顔を上げ、片岡に確かめた。

「ええ、その通りです。二度目の奥さんは紀香《のりか》という名で、まだ三十二歳です。前の奥さんは七年前に病死されて、二年前に矢吹さんは再婚したと聞いてます」

「妖艶《ようえん》な後妻だね。前は派手な仕事をしてたのかな？」

「ジュエリーデザイナーをやってたそうです」

「そう。麻実という娘と後妻の紀香さんの仲は、しっくりいってるんだろうか」

「まるで姉妹のように仲がいいですね」

「ふうん。さっき話に出た録音音声は、矢吹氏の自宅にあるの？」

「ええ。磯村さんたち二人はおれのブレーンということで、矢吹家に明日の朝、電話で伝えておきます」

「素人探偵だから、どこまで調べられるかわからないが、精一杯やらせてもらうよ。な、成《なる》やん？」

磯村が同意を求めてきた。成瀬は二度大きくうなずいた。

気後《おく》れしそうだった。

4

矢吹の自宅は豪邸そのものだ。邸宅街でも、ひときわ目を惹《ひ》く。成城五丁目である。

「ベンチャービジネスで成功すると、大金持ちになれるんですね」

成瀬は矢吹邸の前で磯村に話しかけた。吐いた息が酒臭かった。前夜、磯村の自宅マンションで明け方まで酒を酌《く》み交わしたせいだ。

いまは午後三時過ぎだった。

「しかし、ベンチャービジネスは危険も孕《はら》んでる。ほら、光ファイバーを使ったブロードバンド事業に乗り出した携帯電話販売会社が一千数百億円の負債を抱えて、だいぶ前に倒産したじゃないか」

「ええ、憶《おぼ》えてますよ。その会社の社長は全盛期に都心の一等地にヘリポート付きの自宅を建てて、話題になりましたんでね」

「そうだったな。その社長は自己破産して、いまは宅配便の車に乗ってるらしいぜ」

「まさに栄枯盛衰《えいこせいすい》だな」

「そうだね。しかし、浮き沈みがあるから、人生は面白いんじゃないか」

「ま、そうなんだろうな。だけど、沈みっぱなしっていうのも辛いですよね」

「ああ。片岡君が回してくれた仕事をやりこなして、とりあえず三百五十万円ずつ手に入れようじゃないか」

「そうしましょう。大金とは呼べない額かもしれないが、何かの足しにはなるでしょうからね」

「そうだな」

「さて、仕事に取りかかるか」

成瀬は矢吹邸の門扉《もんぴ》の前まで大股で進み、インターフォンを鳴らした。

ややあって、スピーカーから女性のしっとりとした声が流れてきた。

「どちらさまでしょうか?」

「成瀬と申します。片岡さんから、われわれ二人のことは?」

「はい、うかがっております。わたし、矢吹の妻の紀香です。いまリモコンで門のロックを解除しますので、どうぞお入りになってください」

「はい」

成瀬は門から少し離れた。磯村が横に並んだ。

二人はレリーフのあしらわれた青銅の門扉を潜《くぐ》り、長い石畳をたどりはじめた。

内庭の西洋芝は青々としている。樹木も多い。庭だけで、優《ゆう》に二百坪はありそうだ。

奥まった場所に建つ英国風の家屋《かおく》も、かなり大きい。間数《まかず》は十室以上あるのではないか。

成瀬たちは洒落《しゃれ》たポーチに達した。燻《いぶ》し銀のノッカーを鳴らすと、待つほどもなく白いドアが開けられた。

応対に現われたのは矢吹夫人だった。

写真よりも、ずっと美しい。色香も漂わせている。成瀬と磯村は、それぞれ改めて名乗った。

「どうぞお入りになってください」

紀香が中腰になって、玄関マットの上に二足の客用スリッパを揃《そろ》えた。成瀬たちは靴を脱いだ。

通されたのは、玄関ホールに接した三十畳ほどの応接間だった。煉瓦《れんが》造りのマントルピースがシックだ。成瀬たち二人は、総革張りの応接ソファに並んで腰かけた。いったん応接間から出ていった紀香が三人分のアイスティーを運んできた。

「どうかお構いなく」

成瀬は言った。

紀香は三つのタンブラーをコーヒーテーブルの上に置くと、長椅子に浅く腰かけた。白っぽい綿《めん》ジョーゼットのワンピースが似合っている。

「早速ですが、脅迫電話がかかってきたときのことをもう一度われわれに話していただけますか」

磯村が促《うなが》した。

「はい。電話がかかってきたのは、六日前の午後九時過ぎでした」

「受話器を取ったのは、矢吹さんなんですね？」

「ええ、そうです。夫は、すぐに相手の声をアタッチメント付きＩＣレコーダーで録音しました」

「その録音音声を聴かせてもらえますか？」

「わかりました。いま、ご用意します」

紀香が優美に立ち上がり、マントルピースの横の飾《かざ》り棚《だな》に足を向けた。ＩＣレコーダーを手にして、ソファに戻った。

録音音声が再生された。男のくぐもり声が響きはじめた。

――あんた、麻実の父親だな。

――そうだが、きみは誰なんだ？

――事情があって、名乗るわけにはいかない。あんたの娘の客だったとだけ言っておこう。

――いま、客と言ったんだな。

――そうだ。父親には内緒にしてあるんだろうが、あんたの娘は家出中、デリバリーヘルス嬢をやってたんだぜ。

――デリバリーヘルス嬢だって⁉

――そうだ。デリヘル嬢たちは客の指定したホテルや自宅に出向いて、性的なサービスをしてる。原則として本番はなしなんだが、別料金を出せば、セックスもできる。

――わたしの娘がそんないかがわしいアルバイトをするわけないっ。いい加減なことを言うな！

――父親としてはそう思いたいだろうが、おれが言ってることは事実だ。あんたの娘は里奈《りな》という源氏名《げんじな》を使ってたんだが、おれは彼女がトイレに入った隙にこっそり学生証と運転免許証を見たんだよ。それで、里奈の本名が矢吹麻実で聖和女子大の二年生だとわかったわけだ。

――麻実がデリヘル嬢をやってたという証拠でもあるのかっ。

――決定的な証拠があるよ。おれはスマホのカメラでオーラルセックスを盗み撮りした。動画モードでな。

――な、なんだって!?

――あんたの娘のオーラルセックスは最高だったよ。社長令嬢も、だいぶ男と遊んでるね。あのときのシーンを思い出しただけで、おれ、勃起《ぼっき》しそうだよ。

――そんな話はやめろ！　きさまの目的は金なんだな？

――察《さっ》しがいいね。盗撮動画データを二億円で買ってもらいたいんだ。

――二億円だと!?

――ああ。あんたは金持ちなんだから、それぐらいは出せるよな。たったの二億で、ひとり娘のスキャンダルを闇《やみ》に葬《ほうむ》ることができるんだ。安い買い物だと思うよ。

――うむ。

――商談に応じなかったら、あんたの娘はまともな結婚はできなくなるだろうな。二億円出さなかったら、例の盗撮動画をインターネットで流しちゃうよ。ついでにゴシップ雑誌にスクープ種《だね》も提供してやるか。

――その盗撮動画データは買い取ってやる。それで、金の受け渡しはいつ、どこで？

——また、こっちから連絡するよ。言うまでもないことだろうが、警察に泣きついたら、麻実の前途《ぜんと》は真っ暗になるぞ。


脅迫者が先に電話を切った。

紀香がＩＣレコーダーを停止させた。

「卑劣《ひれつ》な奴だ」

成瀬は呟いた。

「ええ、わたしもそう思います。すぐにも録音音声を持って警察に相談に行きたい気持ちですけど、夫や娘のことを考えると……」

「矢吹さんは会社ですか？」

「はい、四谷のオフィスにいます」

「麻実さんもお出かけなのかな？」

「いいえ、彼女は自分の部屋にいます」

「できたら、麻実さんから直《じか》に犯人の心当たりなんかをうかがいたいな」

「わかりました。いま、麻実ちゃん、いいえ、娘を呼んでまいります」

「お願いします。できたら麻実さんから話を聞いてる間は、あなたは席を外していただきたいんです」

「ええ、そのほうがいいでしょうね。わたしがそばにいたら、話しづらいこともあるでしょうから」

紀香が立ち上がり、応接間から出ていった。

「盗撮動画データは実際にあるんだろうか」

磯村が小声で言い、アイスティーを啜《すす》った。

「脅迫者は隠し撮りした動画データを持ってると思うな。持ってなかったら、はったり《ブラフ》をかませても口止め料はせしめられないでしょ？」

「そうだな。厭《いや》がらせの電話にしては、しつこ過ぎる。それに、この家のひとり娘の本名や通ってる大学名まで口にしてた」

「脅迫者は本気で二億円を脅し取ろうとしてるんだと思います」

「そう考えてもよさそうだね」

会話が途切《とぎ》れた。

そのすぐ後《あと》、応接間のドアが控え目にノックされた。成瀬は短い返事をした。

ドアが開けられ、麻実が応接間に入ってきた。

ボーダーTシャツに、下はデニム地のミニスカートだった。写真よりも少し大人びている。

「麻実です。いろいろお世話になります」

「初めまして。成瀬です。連れは磯村さんっていうんだ」

「よろしくお願いします」

矢吹の娘がソファに腰かけた。さきほどまで紀香が坐っていた椅子だ。

「思い出したくないことを話してもらうわけだけど、大丈夫かな？」

磯村が優しく話しかけた。

「ええ、平気です」

「それじゃ、質問させてもらうよ。家出中にデリヘルの仕事をしてたという話は間違いないんだね？」

「はい。わたし、彼氏のワンルームマンションで同棲してもいいと思って家出したんです。でも、彼氏とちょっと揉めて、部屋にいられなくなっちゃったんですよ」

「そう。この家を出たときの所持金は？」

「四万円弱でした。当座の着替えを紙袋に詰めて、わたし、彼氏の部屋に転がり込んだんです」

「デリヘルの仕事をする気になったのは宿泊代や食費を稼ぎたかったからなんだね？」

成瀬は話に割り込んだ。

「ええ、そうです。大学の友達の家に行こうかとも思ったんですけど、長くは厄介《やっかい》にはなれませんでしょ」

「ま、そうだろうな」

「だから、わたし、思い切ってデリバリーヘルスの仕事をやりはじめたんです。風俗関係の求人誌で、『パラダイスクラブ』のことを知ったんですよ。経営者が廃業した大手証券会社の元課長だったんで、安心して稼げると考えたんです」

「そう。その『パラダイスクラブ』は、まだ存在してるのかな?」

「いいえ、もうありません。新宿のやくざが挨拶《あいさつ》がなかったと因縁《いんねん》をつけて、経営者を袋叩きにしたんですよ」

「新しい風営法で誰でも出張ヘルス嬢たちの派遣《はけん》はできるようになったんだが、その種の商売は本来、裏社会の遣り繰り《シノギ》のひとつだからね。連中は堅気をダミーにして同じ商売をしてるから、商売仇《がたき》は潰し回ってるんだろう」

「そうみたいですね」

「きみはビジネスホテルに泊まりながら、ヘルスの仕事をしてたの?」

「最初の半月ぐらいは、そうでしたね。でも、週単位で借りられるウィークリーマンシヨンのほうが安上がりだと思って、五反田のリースマンションに移りました」

「そう。きみは録音音声、聴いてるよね?」

「はい、何度も聴きました。それで、この三人の客が怪しいと……」

麻実がそう言い、ミニスカートのポケットから二つ折りにした紙切れを抓《つま》み出した。

成瀬はメモを受け取った。三人の客の氏名、年齢、職業、現住所などが記《しる》されている。

「客たちの身許は、どうやって調べたの?」

成瀬は紙片を隣の磯村に手渡し、麻実に訊《き》いた。

「わたし、自宅アパートやマンションに呼ばれたときは、相手のことをさりげなく探《さぐ》り出して、こっそりメモを執《と》ってたんです」

「なぜ、そんなことを?」

「ヘルスの仕事で稼げなくなったら、当座の生活費を客の誰かに借りようと思ってたからです。ホテルを指定する客は全員、偽名を使ってましたから、頼りにはならないと思ったんです」

「しっかりしてるんだな。驚いたよ」

「この家には戻らないつもりでしたんで、逞《たくま》しく生きなければと考えてたんです。でも、客のひとりに無理に覚醒剤《かくせいざい》を注射されそうになったんで、怕《こわ》くなってしまったんです」

「それで、自分の家に戻る気になったのか」

「ええ、そうです。いまは愚かなことをしたと悔《く》やんでいます」

麻実がそう言い、うなだれた。

「脅迫者の声は、メモにある上松圭吾《うえまつけいご》、下高原光宏《しもたかはらみつひろ》、有馬幹雄《ありまみきお》の三人のそれに似てたんだね？」

磯村が麻実に話しかけた。

「ええ、そうです。ただ、犯人はボイス・チェンジャーを使ってたみたいですんで、メモした三人が怪しいとは言い切れないんです」

「そうだろうね。上松は二十四歳で、家電量販店の店員か。こいつは、きみを自分のアパートに呼んだんだね？」

「ええ、そうです」

「この男と何かトラブルは？」

「トラブルというほどではありませんけど、乳液マッサージを開始した直後に終わってしまったんで、料金を半額にしてくれと少しごねました。でも、料金はちゃんと払ってくれました」

「スマホで盗み撮りされてる気配は？」

「そういう気配はうかがえませんでした」

「下高原という三十歳の男は、学習塾の講師をやってるのか」

「ええ。塾の写真を見せてくれましたから、事実だと思います。その彼は前よりも後ろの部分を舌の先でくすぐってくれと少し変態っぽかったんですけど、支払いはきれいでした」

「そう。三人目の有馬は、東京に単身赴任してる造船会社の営業マンか」

「名刺を貫いましたんで、名前も仕事もでたらめじゃないと思います。家族は兵庫にいるんだと言ってました。四十四歳だったんじゃないかしら？」

「ああ、そうメモされてるね。すごい記憶力だな」

「そのおじさん、わたしにセーラー服を着せたがったんで、よく憶《おぼ》えてるんですよ。両手まで合わせたんで、わたし、着てあげました。あのセーラー服、ブルセラショップで買ったのかもしれません」

「おかしな中年男だな。この有馬という男は、どんなプレイを求めたのかな？」

「口唇愛撫をせがむだけで、おっぱいや下の部分には指一本触《ふ》れませんでした」

「しゃぶられるのが好きなようだから、もしかしたら、この有馬がこっそりスマホのカメラで……」

「そうなのかな。でも、たいていの男性はオーラルセックスが好きみたいですよ」

麻実が恥じらいながら、遠回しに異論を唱《とな》えた。成瀬は磯村が答える前に言葉を発した。

「磯さん、それだけのことで有馬という客を犯人扱いするのは早計ですよ」

「そうか、そうだろうな」

磯村がきまり悪そうに笑い、頭に手をやった。

「ほかに犯人と思えるような人物は？」

成瀬は麻実に問いかけた。

「いまのところ、メモした三人が録音音声の犯人の声に似ていると感じられるだけですね」

「そう。時間があったら、録音音声をもっと何度も聴いてほしいんだ」

「わかりました」

「何か思い当たったら、こっちのスマホを鳴らしてくれないか」

「はい」

麻実が快活な返事をした。成瀬はメモパッドを借り、自分のスマートフォンのナンバーを書いた。

「このメモは預からせてもらうよ」

磯村が紙切れを上着のポケットに収め、麻実に顔を向けた。

「お父さんはわれわれが盗撮動画データを回収できなかった場合のことも考えて、二億円の用意をしてるんだろうか」

「ええ、多分。わたしって、親不孝な娘ですよね。家出して父に心配かけた上に、最悪の場合は脅迫者に二億円もの大金を強請《ゆす》り取られてしまうかもしれないのだから」

「こういう言い方は失礼になるんだろうが、親から見たら、出来のよくない子のほうがかわいいと思うだろうし、保護本能も掻《か》き立てられるんじゃないのかな」

「そうなんでしょうけど」

麻実が長い睫毛《まつげ》を翳《かげ》らせた。いまにも泣き出しそうな表情だった。

成瀬は肘《ひじ》で磯村の脇腹をつつき、ドアに目をやった。磯村が無言でうなずいて、おもむろに腰を上げた。

「問題の物は必ず回収するから、あまり深刻に悩まないほうがいいよ。それじゃ、われわれはそろそろ……」

「そうですか。よろしくお願いします。いま、継母《はは》を呼んできます」

麻実が慌《あわ》てて立ち上がり、応接間から出ていった。成瀬は応接ソファから離れ、磯村と玄関ホールに移った。

ちょうどそのとき、ダイニングキッチンから紀香が現われた。

「いま、自家製の抹茶《まっちゃ》ゼリーをお出ししようと思ってましたのに」

「せっかくですが、そろそろ失礼します。ご主人にお目にかかりたかったのですが、よろしくお伝えください」

成瀬は美しい後妻に型通《かたどお》りの挨拶をして、磯村とともに辞去した。

矢吹邸の前の路上で、磯村が声を発した。

「これから、三人の男の職場や自宅を順ぐりに回って、揺さぶりをかけてみよう」

「そうですね。どこかの組員になりすまして、上松たち三人を締め上げましょうよ。それでも口を割らないようだったら、突きと蹴りで少し痛めつけてやる」

「そうするか。電車を使って回るんじゃ、まどろっこしいな。成《なる》やん、おれが金を出すから、レンタカーで回ろう」

「磯さんもあまり余裕はないんでしょ?」

「二、三万の出費ぐらい平気だよ。うまく事が運べば、おれたちは三百五十万円ずつ謝礼を貰えるんだから、けち臭い考えは捨てよう」

「そうですね。確か経堂《きょうどう》駅の近くにレンタカー会社の営業所があったな」

「なら、そこに行こう」

「経堂までは電車を使います？」

成瀬は問いかけた。

「成城学園前駅でタクシーを拾おうや」

「時間的には電車のほうが早いと思いますよ」

「なら、そうするか」

二人は駅に向かい、上《のぼ》りの準急電車に乗った。

経堂駅で下車し、レンタカーの営業所で白いプリウスを借りる。運転免許証を呈示したのは磯村だった。成瀬も車は運転できるが、レンタル料を払うだけの持ち合わせがなかったからだ。

「金を出せないから、おれ、労働しますよ」

成瀬は冗談口調で言って、プリウスの運転席に入った。磯村は助手席に坐った。

最初は上松圭吾の勤め先に向かった。東中野だった。

成瀬たちは上松を家電量販店の裏手に連れ込み、広域暴力団の名をちらつかせた。

若い上松は、それだけで竦《すく》み上がった。矢吹の家に脅迫電話をかけた覚えはないと、涙混《ま》じりに繰り返した。

成瀬たちは上松を解放し、下高原の職場に車を走らせた。学習塾は笹塚《ささづか》にあった。下高原を暗がりに引きずり込み、威《おど》しをかけた。

学習塾の講師は震えながら、自分は無実だと主張しつづけた。嘘をついているようには見えなかった。

成瀬と磯村は、有馬の勤務先のある丸ノ内に回った。目的の会社は造作なく見つかったが、すでに有馬は職場を出た後だった。二人は、有馬の住むマンションに向かった。江戸川区の船堀《ふなぼり》だった。かなり走りでがあった。

有馬の住まいを突きとめたのは午後八時過ぎだった。

あいにく部屋の主は、まだ帰宅していなかった。単身赴任の寂しさを紛《まぎ》らわせたくて、多分、道草を喰っているのだろう。

成瀬たちは有馬の部屋の見える場所で辛抱《しんぼう》強く張り込みつづけた。

ほろ酔い気分の有馬が塒《ねぐら》に戻ったのは午後十時過ぎだった。成瀬と磯村は有馬が入室する際《さい》、部屋に押し入った。

有馬は成瀬たちを押し込み強盗と勘違いしたらしく、大声で救いを求めかけた。成瀬は慌《あわ》てて有馬に当て身を見舞い、すぐに顎《あご》の関節を外した。

有馬は涎《よだれ》を垂《た》らしながら、ダイニングキッチンの床の上を転げ回った。成瀬は頃合を計《はか》って、関節を元通りにしてやった。

「あ、あんたら、何者なんや⁉」

「おれたちは関東誠仁会《せいじんかい》の者《もん》だ」

磯村が凄《すご》んだ
「極道には見えへんな、おたく」

「おれは大幹部だから、若い衆みたいな身《ナ》なり《リ》はしてないんだ。ところで、おめえ、矢吹麻実の父親に脅迫電話をかけたんじゃねえのか？」

「矢吹麻実って、誰やねん？」

「デリヘル嬢をやってた里奈の本名さ」

「里奈って名前の娘《こ》に性感マッサージしてもろたけど、わし、彼女の本名も家の電話も知らんねん」

「ほんとだな」

「もちろん、ほんまの話や。誰かが、わしに何か罪をおっ被《かぶ》せようとしてるんやな。そいつは誰なんや？　教えてんか」

有馬が肘《ひじ》を使って、上体を起こした。磯村が困惑顔を向けてきた。

成瀬は目顔《めがお》でうなずき、有馬に声をかけた。

「すまねえ。どうやら勘違いしちまったみてえだな」

「ふざけるなっ」

「あんたが怒るのは無理もねえ。きっちり詫びを入れよう。ちょっと庖丁を貸してくれねえか」

「庖丁をどないするんや？」

「あんたの目の前で、小指《エンコ》飛ばす。それで、勘弁してくれや」

「そ、そないなことされたら、迷惑や。早く、早く出ていってくれーっ」

有馬がドアを指しながら、大声で言った。

「それじゃ、絵にならねえな。庖丁は調理台の下かい？」

「ええから、もう帰ってくれ」

「あんたがそう言うんなら、仕方ねえな。それじゃ、このまま引き揚げさせてもらうぜ」

成瀬は磯村に合図し、そそくさと靴を履《は》いた。先に部屋を出て、磯村を待つ。

「素人探偵は、だいぶ回り道をさせられそうだな」

ドアを閉めると、磯村が気弱にぼやいた。

「この程度のことでめげてたら、三百五十万は手に入らないっすよ」

「そうだな。気を取り直して、頑張るか」

「ああ、そうしましょう」

二人は掌《てのひら》をぶつけ合って、エレベーター乗り場に向かった。

第二章　アウトロー志願

1

着信ランプが灯《とも》った。

成瀬はダイニングテーブルの上に置いたスマートフォンを摑《つか》み上げた。磯村の自宅マンションだ。部屋の主は、少し前に近くのコンビニエンスストアに二人分の弁当を買いに出かけた。

午前十一時過ぎだった。成瀬はスマートフォンを耳に当てた。

「わたしよ」

所属プロダクションの古谷社長だった。声に硬さは感じられない。何か状況が変わったのか。

「なんの用です？　おれは、もう事務所を辞めた人間でしょうが」

「そう突っかからないの。流れが変わったのよ」

「その女言葉、なんとかならないんですか？　おかしいんだよな」

「言ってくれるわね。ま、いいわ。それより、肝心なことを話さなきゃ。よく聞きなさいよ。あの羽鳥監督が折れたの。あんたと仲直りしたいから、きょうの夕方六時に六本木のチャイニーズ・レストランに来てほしいって言ってきたのよ。お店の名前は……」

「おれは手打ちなんかしないよ」

成瀬は古谷の言葉を遮《さえぎ》った。

「あんた、何様のつもりよっ。大物プロデューサーの息子があんたに謝りたいって言ってきたのよ」

「おれは羽鳥の思い上がりが赦《ゆる》せないんだ」

「青臭いこと言ってないで、羽鳥監督と会食してらっしゃい。監督と仲直りすれば、あんたは一流の着ぐるみ役者《スーツタレント》になれるわよ。ギャラだって、どんどんアップするはずだわ。そうなったら、アトラクションの仕事なんかしなくても充分に食べられるようになるわよ」

「そのチャイニーズ・レストランには、辻涼太を行かせてやってよ」

「それ、どういうことなの？」

「おれが降りた役を辻に回してやってほしいんだ」

「そんなこと、絶対に無理よ。辻はあんたと違って、あまり体格《ガタイ》がよくないからね。とにかく、羽鳥監督と紹興酒《しょうこうしゅ》でも飲みなさい。もちろん、今後はあんたがうちの事務所の看板タレントよ」

「古谷さんも男だったら、もう少し節操を保《も》ったほうがいいな。損得勘定で考え方をころころ変えちゃ、みっともない。男は、きちんと筋《すじ》を通さないとね。社長は一度、こっちをお払い箱にしたんだ。だったら、それなりの筋を通してほしいな。それが男ってもんでしょうが」

「てめーっ、このおれに意見しやがるのかっ」

古谷が男言葉で吼《ほ》えた。

「そう、その調子だよ」

「あっ、ごめん！　つい頭に血がのぼっちゃったの。あんたを怒らせるつもりはなかったのよ。機嫌を直して、監督と会食してちょうだい。なんなら、今度の本編のギャラ、仮払いしてやってもいいけど」

「社長がチャイニーズ・レストランに行って、円卓の下で羽鳥のペニスをしゃぶってやれよ」

　成瀬は言い放って、通話を切り上げた。

　ほとんど同時に、矢吹麻実から電話がかかってきた。

「メモした三人は、どうでした？」

「三人ともシロみたいだね」

「そうですか。あれから録音音声を何度も聴き返したら、もうひとり思い当たる男がいたんです」

「そいつのことを詳しく話してくれないか」

「はい。春木《はるき》敏幸《としゆき》という名で、二十七歳です」

「職業は？」

「アルバイトをしながら、司法試験にチャレンジしてると言っていました」

「司法浪人ってやつだな。どんなアルバイトをしてると言ってた？」

「消費者金融のポケットティッシュを配ったり、レストランで皿洗いなんかをしてるようです」

「春木は、どこに住んでるのかな？」

「渋谷区富《とみ》ケ谷《や》二丁目の『ハイム富ケ谷』という軽量鉄骨のアパートです。春木はわたしを気に入ってくれたらしくて、四回ほど声をかけてくれたんです」

「そう。春木の部屋で、怪しいスマホを見た憶えは？」

成瀬は矢継《やつ》ぎ早《ばや》に訊いた。

「それは見ませんでしたけど、ＤＶＤラックには『素人隠し撮りアンソロジー』なんて題名《タイトル》のＤＶＤがびっしり詰まっていました」

「怪しいね。手を貸してもらえるとありがたいんだが、協力してもらえるかな」

「何をすればいいんでしょう？」

「春木の部屋を訪ねて、奴のことが好きになったとか何とか言って、裸にしてほしいんだ」

「色仕掛けで、春木敏幸を油断させてくれってことですね？」

「そういうこと！　きみは春木が裸になったら、さりげなく玄関ドアの内錠を外す。きみと春木がじゃれ合ってる隙《すき》に、われわれは部屋に忍び込むというシナリオを思いついたんだ。どうだろう？」

「わたし覚悟を決めて、協力します。その前に電話で、彼がアパートにいるかどうか確かめてみますね。それで、すぐ成瀬さんに連絡します」

麻実が電話を切った。

成瀬はスマートフォンを懐に戻し、紫煙をくゆらせはじめた。ちょうど一服し終えたとき、麻実から連絡があった。

「彼は自分の部屋にいました。わたしが会いたいと言ったら、午後四時に部屋に来てくれって。それまでに、司法試験の勉強のノルマをこなしたいらしいんです」

「それじゃ、四時十分前に『ハイム富ケ谷』の前で落ち合おう」

成瀬は春木のアパートの所番地《ところばんち》をメモしてから、通話を切り上げた。部屋は一〇五号室だった。一階だろう。

十分ほど過ぎたころ、磯村が戻ってきた。コンビニエンスストアの白いビニール袋は大きく膨《ふく》らんでいた。

「弁当のほか、少し冷凍食品なんかを買い込んできたんだ」

「悪いですね。それはそうと、少し前に矢吹麻実から連絡がありました」

成瀬は経過をつぶさに話した。

「その春木が脅迫者臭いな。犯人なら、そう遠くない日にわれわれ二人に三百五十万円ずつ入るわけか。そうとわかってりゃ、四百八十円の和食弁当なんかじゃなく、鮨《すし》を出前してもらったのに」

「磯さん、レシートを見せてください。居候させてもらってるんだから、買ってきた分はおれに払わせてほしいんですよ」

「水臭いことを言うなって」

磯村は卵のパックや冷凍食品を手早く冷蔵庫の中に収めると、日本茶を淹《い》れた。

二人は向かい合って、朝食を兼ねた昼食を摂《と》りはじめた。

和食弁当の紅鮭《べにざけ》はぱさついていて、あまりうまくなかった。竹輪《ちくわ》の磯辺《いそべ》揚げは、しんなりとしていた。鶏《とり》の唐揚げもまずかった。煮《に》しめの味付けは悪くない。それが救いだ。

「いい時代になったよな」

磯村が割箸《わりばし》を使いながら、脈絡もなく言った。

「何がです？」

「コンビニは独身者の味方だと思わないか。とりあえず日々の暮らしに必要な物は、いつでも手に入る。高級品は売ってないが、食品、清涼飲料水、日用雑貨品はあらかた揃《そろ》ってる。雑誌や文庫本もあるな」

「生理用品やスキンまで売ってる。便利は便利ですよね」

「ああ。ただ、七十二歳の男が自分でトイレットペーパーを買ってると、なんか侘《わび》しい気持ちになっちゃうんだ」

「日用雑貨品は、女が買いに行くべきだと思ってるのかな？」

「別にそうは思っちゃいないが、なんだか物悲しくなるんだよ。独り暮らしの男がトイレットペーパーをレジに持っていく姿は、なんか冴《さ》えないじゃないか」

「磯さんの世代って、やっぱり他人の目を気にしちゃうんだな。誰だって飯《めし》喰《く》って糞《くそ》してんだから、堂々とトイレットペーパーを買えばいいんですよ」

「それじゃ、買い置きがなくなったら、成《なる》やんにトイレットペーパーを買いに行ってもらおうか」

「いいですよ」

「えっ、まるで抵抗がない？」

「ありませんね」

成瀬は言って、緑茶を飲んだ。

「偉いな」

「別に当たり前のことでしょう？」

「よく考えてみれば、その通りなんだよな。しかし、やっぱりカッコ悪いという気持ちを拭《ぬぐ》い切れない。おれたちの世代は戦後の民主教育を受けてるんで、基本的な考え方は進歩的だと思ってるんだが、いろいろ自己矛盾《むじゅん》を抱えてるなあ」

「大半の奴がそうでしょ。だから、人間って面白いし、愛すべき存在なんじゃないのかな。おれは、そう思ってるんです」

「成《なる》やんは哲学者なんだな。教えられたよ」

「からかわないでほしいな。そんなことより、春木のアパートに行く前におれ、ちょっと響子の部屋に行ってきます。着替えや服を取ってこようと思うんだ」

「そう」

「借りたプリウス、使わせてもらってもいいですか?」

「遠慮なく使ってくれ」

磯村が快諾《かいだく》した。

成瀬は和食弁当を平らげると、磯村の部屋を出た。レンタカーを駆って、松原の響子のマンションに向かう。この時刻なら、彼女はもうジャズダンス教室で生徒たちにレッスンを授《さず》けているはずだ。

プリウスを走らせていると、スマートフォンが着信音を奏《かな》ではじめた。成瀬は片手運転しながら、スマートフォンを耳に当てた。交通違反は百も承知だった。

「おれだよ」

片岡だった。成瀬は、これまでの経過を手短に話した。

「やるじゃないか。プロの調査員だって、そんなにスピーディーにはやれない」

「おれたちは何も苦労してないんですよ。矢吹麻実が手がかりを提供してくれたおかげです」

「それにしても、いいフットワークじゃないか。その春木とかいう司法浪人生が脅迫者なら、お互いにおいしい商売《ビジネス》をさせてもらえそうだな」

「そうですね。しかし、春木が脅迫者かどうか、まだわからない」

「ま、そうだな。矢吹社長の二度目の奥さん、いい女だったろう?」

「最高ですね、彼女。富裕層になれば、ああいう女を自分のものにできるんだな」

「別に紀香夫人は財産目当てで、矢吹さんの後妻になったわけじゃないと思うがね」

「もちろん打算だけじゃなかったんでしょうが、相手が平凡なサラリーマンか何かだったら、わざわざ後添《のちぞ》いにはならなかったでしょ?」

「それはそうかもしれないが、紀香さんは本気で矢吹さんに惚《ほ》れたんじゃないのかな」

「片岡さん、紀香夫人のことを憎からず想《おも》ってるみたいですね?」

「おい、何を言い出すんだ!?　別におれは横恋慕《よこれんぼ》なんかしてないよ。もちろん、いい女とは思ってるがね」

「片岡さん、横恋慕なんて言葉はもう死語でしょう?　それはそれとして、大人の片想いっていうのも、なんかいいですね」

「いい加減にしてくれ。それじゃ、ひとつよろしくな」

片岡が先に電話を切った。

成瀬はスマートフォンを所定のポケットに戻し、運転に専念した。響子のマンションに着いたのは数十分後だった。

成瀬はスペアキーで部屋に入った。和室を何気なく覗《のぞ》くと、壁際に三つの段ボール箱が並んでいた。三箱とも、まだ封印されていない。

成瀬は段ボール箱に近寄り、蓋《ふた》を次々に開けた。中身は、すべて彼の衣服や下着だった。どうやら響子は、本気で別れる気になったらしい。愛想を尽かされたことは仕方がない。しかし、無断でこんなことをされては、なんだか腹が立つ。

成瀬は夏物の衣類をトラベルバッグに詰めると、残りの服をクローゼットの中に戻した。未練たらしいと思いつつも、そうしなければ、腹の虫が収《おさ》まらなかった。

成瀬はトラベルバッグを提《さ》げて、間もなく響子の部屋を出た。エレベーターで一階に降り、マンションを後にする。

レンタカーに乗り込もうとしたとき、思いがけなく響子から電話がかかってきた。わけもなく成瀬は、どぎまぎした。

「昨夜《ゆうべ》、よく考えてみたの。やっぱり、わたしたち、別れたほうがいいと思うわ」

「おれは、まだやり直せるような気もするが……」

「もう無理よ。こんなこと言いたくないけど、わたしはずっと自分の不満は抑《おさ》えてきたの。気づいてた？」

「ある程度はね」

「そう。どちらかというと、わたし、母性愛は強いほうだと思う。でもね、いつもわがままを聞いてやってると、とても疲れを感じるときがあるの。やっぱり、わたしも女だから、誰か優しい男性に甘えたくなることもあるのよ」

「好きな男ができたのか？」

「ううん、そんなんじゃないわ。あなたの世話を焼くことに少しくたびれちゃっただけ。だから、別れましょう」

「やり方が気に入らないな」

「なんのこと？」

響子が早口で問い返してきた。

「ほんの少し前に、おれは響子の部屋から出てきたんだ。着替えの服を取りに戻ったんだよ」

「そうだったの」

「和室の段ボール箱の中身、見たよ。親切心で響子はおれの衣服をまとめたんだろうが、厭味《いやみ》ったらしいな。あんなことされたら、意地でも居坐ってやろうって気持ちになるだろうが」

「居坐るつもりなの⁉」

「さあね」

成瀬は通話を切り上げ、プリウスの運転席に坐った。

磯村の自宅マンションに戻ったのは一時五十分ごろだった。ひと休みしてから、成瀬は磯村と一緒にレンタカーで春木の自宅アパートに向かった。

『ハイム富ケ谷』を探し当てたのは三時四十分ごろだった。約束の時刻よりも、十分ほど早い。

アパートの斜め前にプリウスを寄せ、そのまま麻実を待つ。数分待つと、麻実がタクシーで駆けつけた。軽装だった。サングラスをかけている。

成瀬はレンタカーを降り、路上に立つ麻実に歩み寄った。

「電話で頼んだ通りにやってもらえるね？」

「あのう、シナリオを変更させてもらってもいいですか？」

「どう変えたいの？」

「色仕掛けは色仕掛けなんですけど、春木敏幸に好きだと告白したら、わたし、いきなり押し倒されちゃうかもしれないと思ったんですよ」

「あり得るかもしれないな」

「だから、わたし、好きだと告白したら、シャワーを浴びたいと嘘《うそ》ついて、浴室に入ります。そうすれば、もし成瀬さんたちが少し遅く一〇五号室に入ってきても、変なことはされないと思うの」

「そうだね、そのほうが安全かもしれないな。われわれが春木を締め上げてる隙に、きみは逃げてくれないか」

「わかりました」

麻実が言って、『ハイム富ケ谷』の日陰に入った。

成瀬はレンタカーの中に戻り、かたわらに坐った磯村に作戦の一部を変えたことを伝えた。磯村は指でOKサインを示し、愉《たの》しそうに笑った。これから何かいたずらをする子供のような目をしていた。

麻実は午後四時きっかりに春木の部屋に向かった。

成瀬たちは十分ほど遣《や》り過ごしてから、プリウスを降りた。一〇五号室は、一階の奥の角部屋だった。浴室から湯の弾《はじ》ける音が聞こえる。おおかた麻実は服を着たまま、浴室の壁にへばりついているのだろう。

成瀬は磯村に目で合図し、ドア・ノブに手を掛けた。

ノブはなんの抵抗もなく回った。内錠はロックされていないということだ。

成瀬はドアを開け、室内に躍《おど》り込んだ。磯村が倣《なら》う。

奥の居室には、青いトランクス一枚の細身の男が突っ立っていた。浴室に入ろうかどうか迷っている様子だった。

「騒いだら、匕首《ドス》で腸《はらわた》を抉《えぐ》っちまうぞ」

成瀬は部屋の主に言い、急いで靴を脱いだ。

「あんたたちは誰なんです⁉」

「そんなことより、春木だなっ」

「な、なんで、ぼくの名前を知ってるんです⁉」

「ベッドに腰かけろ。おれたちは関東誠仁会の者だ」

「やくざの方が、どうしてここに⁉」

春木が戦《おのの》きながら、ベッドに腰を落とした。ベッドマットが弾んだ。

「あそこにスマホが入ってるな」

磯村が窓辺に置かれたカラーボックスを手で示した。確かにカラーボックスの中には、スマートフォンが収めてあった。

カラーボックスの横のラックには、市販されている盗撮ＤＶＤがびっしりと詰まっていた。

シャワーの音が熄《や》んだ。浴室から麻実が現われ、そのまま無言で部屋を出ていった。

「里奈ちゃん、待てよ。これは、どういうことなんだ？　ちゃんと説明してくれっ」

春木が玄関口に向かって叫んだ。

成瀬は中段回し蹴《げ》りを放った。春木がベッドから転げ落ちた。

「里奈の本名を言ってみろ」

「知らないよ、彼女の本名なんか」

「世話を焼かせやがる」

成瀬は右脚《みぎあし》を肩の高さまで上げ、春木の頭頂部に強烈な踵《かかと》落としを見舞った。

頭蓋骨《ずがいこつ》が鈍く鳴った。春木は俯《うつぶ》せになって、長く唸《うな》った。成瀬は春木の後ろに回り込み、右腕をぎりぎりまで捻《ひね》り上げた。

「里奈のオーラルセックスをスマホカメラで隠し撮りしたのは、おまえだな？」

「それは……」

「ちゃんと返事をしろ！」

「そ、そうだよ。四度目に里奈をこの部屋に呼んだときにね」

「おまえは、いろんな盗撮をしてるようだな」

「駅の階段やデパートのエスカレーターで、若い女の子たちのスカートの中をこっそりスマホで撮影したことはあるけど、女性用トイレや更衣室にリモコンのCCDカメラを仕掛けたことはないよ」

「おまえが矢吹家にオーラルセックスの盗撮動画データを二億円で買い取れという脅迫電話をかけたんだなっ」

「矢吹家？」

「里奈が矢吹麻実という名であることは知らなかっただと⁉」

「ああ、知らなかったよ。それから、ぼくは脅迫電話もかけてない」

「盗撮動画データはスマホに入ったままか？」

「その動画データは、もうないんだ。数週間前に歌舞伎町のアダルト専門のビデオ屋に五万円で売ってしまったんだよ」

「もっともらしい嘘を思いついたな。問題のメモリーはどこにある？　ありかを白状しないと、おまえの利き腕をへし折るぞ」

「嘘じゃないんだ。店名は憶《おぼ》えてないけど、あずま通りの深夜スーパー『エニー』の並びにあるAV店で買い取ってもらったんだ。行けばわかるよ」

春木が言った。

「おまえの話が嘘とわかったら、生かしちゃおかねえぞ」

「こ、殺すのか⁉」

「ああ。生きたまま大型ミートチョッパーの中に投げ込んで、豚の餌《えさ》にしてやる」

「嘘なんかついてない。ぼくを信じてくれーっ」

「また、おまえに会うことになるかもしれねえな。そんときは念仏《ねんぶつ》でも唱《とな》えるんだな」

「あの盗撮動画データはほんとに売ったんだ。AV店が里奈の本名なんかを何らかの方法で調べて、親に脅迫電話をかけたのかもしれない。とにかく、早く調べに行ってくれよ」

「そうすらあ」

成瀬はせいぜい筋者《すじもの》っぽく言い、春木の右腕を乱暴に放した。

2

まだ陽《ひ》は沈んでいない。

それでも、風俗営業店のイルミネーションやネオンチューブは競《きそ》い合うように瞬《またた》いている。あずま通りだ。

成瀬は磯村と肩を並べて歩きながら、両側の軒灯《けんとう》に忙《せわ》しく目をやった。レンタカーは新宿区役所裏の有料パーキングビルに預けてあった。

「成《なる》やん、やっぱり歌舞伎町はいいね。この街に来ると、気取りや虚飾を捨てて、等身大の自分になれるからな」

「そうですね。それに、たいがいの欲望は充《み》たしてくれる。ただ、うっかりキャッチのお姐《ねえ》ちゃんに引っかかると、ぼったくりバーでひどい目に遭《あ》わされますけどね」

「そういう意味では、おっかない盛り場でもあるよな。もっとも最近は、あちこちに防犯カメラが設置されてるから、だいぶ悪質な呼び込みは少なくなったようだが……」

「そんな感じですね。磯さんは若いころ、新宿ゴールデン街で夜《よ》な夜《よ》な飲んでたんでしょ?」

「ああ、バブルで世の中がおかしくなる前までね。その当時は面白かったよ。ちょっと屈折《くっせつ》した演劇人、物書き、編集者、ジャズプレイヤーなんかが口角《こうかく》あわを飛ばして、芸術論をたたかわせてたんだ」

「いい時代だったんだろうな」

「そのころは別にそんなふうには感じてなかったが、振り返ってみると、確かに人間が人間らしく生きてた気がするね。酒場のママたちは商売っ気《け》抜きで、若い常連客たちの面倒を見てた。どの店も人間道場みたいな雰囲気があったんだよ。地方出身の若い連中にとっては、心安らぐエリアだったんじゃないかな。ロシア名のニックネームで呼ばれてた流しのギター弾きなんかもいて、なんともいい感じだったんだ」

「そうですか。でも、バブル全盛のころにゴールデン街にも地上げが入って、半数ぐらいの酒場が店を畳んじゃったんでしょ？」

「そうなんだ。数坪の店を一億、二億で地上げするわけだから、金の魔力に克《か》てなかったマスターやママがいても、ま、仕方ないんだがね。こっちは、そのころから何となくゴールデン街から遠ざかりはじめたんだ」

「日々変わっていくゴールデン街を見たくなかったんでしょうね」

「そうだったのかもしれない。それに、世話になったママたちが死んだり、入院しちゃったからな。しかし、ゴールデン街で飲んだくれてたころは間違いなく馨《かぐわ》しい日々だったね。青春回顧に耽《ふけ》ったりするのは年老《お》いた証拠だな」

「そんなことはないと思いますよ」

「よそう、よそう。おれは七十二なんだが、まだ終わっちゃいないよ。これから敗者復活戦に挑《いど》まなきゃならないし、命懸けの恋愛もしたいな」

「磯さんの人生は、これからです。もちろん、おれの人生もね」

「相棒、お互いにしっかり生きようや」

磯村が急に大声で言い、成瀬の背を叩《たた》いた。

擦《す》れ違ったカップルが一瞬立ち止まって、顔を見合わせた。

やがて、深夜スーパー『エニー』に差しかかった。その七、八軒先に目的のAVショップがあった。

レンタル店ではなく、アダルトDVDの販売店だった。間口《まぐち》は、それほど広くなかった。成瀬たち二人は店内に入った。

店主と思われる四十五、六歳の口髭《くちひげ》を生やした細身の男がスポーツ新聞を読んでいた。

ラックを見ると、ポルノDVDがジャンルごとに分類されていた。

レイプものの数が圧倒的に多い。変態性欲編、ロリータ編、制服遊戯編、野外プレイ編、スーパーSM編、投稿盗撮編といったプレートが見える。

「どんなDVDをお探しでしょう?」

口髭の男がスポーツ新聞から顔を上げた。客の素姓《すじょう》を探《さぐ》るような目つきだった。二人連れなので、刑事と思われたのだろうか。

「なんか面白いやつ、あるかな。もちろん、裏DVDのことだよ」

磯村が先に話しかけた。

「お客さんたち、警察関係の方ですか？」

「違う、違う」

「それを聞いて、安心しました。裏ものもいろいろありますよ。オーソドックスなものから、3P、獣姦、幼女姦、SM、スカトロ、それから死姦《しかん》DVDもあります」

「死姦DVDだって⁉」

「ええ、本物ですよ。若い白人女を三人も絞殺したプエルトリカンがビデオカメラを回しながら、三つの死体と交《まじ》わってるんです。ちょっと不気味ですけど、稀少価値《きしょうかち》はありますよ」

「死姦DVDは、どういうルートで入手したの？」

「犯人のプエルトリコ人はロス市警に捕まって、証拠DVDも押収されたらしいんですよ。で、警官のひとりが死姦ビデオをこっそりダビングして、それをベトナム系マフィアに売りつけたというんです」

「ベトナム系マフィアはそのダビングデータから数千枚の複製を取って、アメリカ国内や外国の犯罪組織に流したわけか」

「そうです、そうです。殺された女たちの手脚《てあし》は硬直しかけてるんですけど、犯人の動きにつれて、おっぱいがゆさゆさと揺れるんです。ちょっとシュールですよ。映像が少し荒れてるから、一枚八千円で結構です」

「今度にしよう」

「六千円でもいいですよ」

「いや、ノーサンキューだ」

「そうですか」

「おたくが店長？」

「ええ、そうです」

店主が不安顔になった。成瀬は磯村を手で制し、口髭の男に顔を向けた。

「実は、われわれ探偵社の調査員なんですよ」

「つまり、探偵さんですね？」

「ええ」

「家出少女を捜してるんでしょ？　家出した娘《こ》たちが金に困って、ＡＶに出演するケースはよくあるんです。捜してる娘《こ》の写真は持ってます？」

「われわれは数週間前に盗撮動画データをここに売りにきた春木という二十七歳の細身

の男のことで、いろいろ教えてもらいたいんです」

「春木という名かどうかわかりませんけど、確かにその男と思われる奴がデリヘル嬢の生尺《なましゃく》データを持ち込んできましたよ」

「春木は、その動画データを五万円で買ってもらったと言ってるんだが、それは事実なのかな？」

「ええ、間違いありません」

「その盗撮動画化した動画を譲ってほしいんです」

「ＤＶＤは、もうありません。常連客で盗撮動画のコレクターに十日ほど前に十万円で売ってしまったんですよ」

「買い手のことを詳しく教えてくれませんか」

「須田満夫《すだみつお》という方で、四十二、三だと思うな。眉《まゆ》が薄くて、角張《かくば》った顔をしてます。身長は百七十センチ前後でしょうね」

「勤務先や自宅の住所は？」

「そういうことはわからないな。別に名刺をいただいたわけじゃありませんのでね。須田という姓も、ひょっとしたら、偽名かもしれません」

「須田という奴は、月に何回ぐらい店に来るんです？」

「平均すると、三、四回ですかね。来るたびに素人が盗み撮りしたＤＶＤを最低一枚は買ってくれるんで、うちでは上客も上客です」

「そうですか。須田の馴染《なじ》みの飲み屋はわかります？」

「それはわかりませんけど、彼は風林会館の裏手にある違法カジノによく出入りしてるようですよ」

店長が言った。

「その違法カジノは、どこかの組が仕切ってるんでしょうね？」

「ええ。『ラッキー』という違法カジノをやってるのは桜友会《おうゆうかい》です。多分、須田さんは会員になってるんだと思います」

「なんてビルの中にあるのかな？」

「中畑《なかはた》ビルの地下一階です。手入れを警戒して、出入口は二重扉になってるという話でしたね」

「営業時間は？」

「午後七時から翌朝五時までだったかな」

「ありがとう」

成瀬は店長に謝意を表し、ＡＶショップを出た。まだ六時を少し回ったばかりだった。

「成《なる》やん、どこかで腹ごしらえしようや」

「そうですね」

二人は少し歩いて、薄汚れたラーメン屋に入った。

先客は一組しかいなかった。成瀬たちは中ほどの席に着き、どちらも冷し中華をオーダーした。

「『ラッキー』の中に潜《もぐ》り込むのは難しそうだな」

磯村が呟《つぶや》くように言い、コップの水を口に運んだ。

「そうだね。七時前に店の前で張り込んでみましょうよ。須田は眉が薄くて角張った顔をしてるという話だったから、すぐにわかるでしょ？」

「そうだろうな。須田が姿を見せたら、裏通りに連れ込んで、例の盗撮動画が自宅にあるのかどうか吐かせるって段取りだね？」

「そうです」

「成《なる》やん、油断は禁物だぞ。須田は暴力団がやってる違法カジノに出入りしてるんだから、おそらく素《す》っ堅気《かたぎ》じゃないんだろう」

「ええ、多分ね」

成瀬はセブンスターをくわえ、簡易ライターで火を点《つ》けた。釣られて、磯村が上着のポケットからショートホープの箱を摑み出した。

二人が相前後して煙草の火を消したとき、冷し中華が運ばれてきた。皿の端《はし》が欠けていたが、味は悪くなかった。成瀬たちはラーメン屋を出ると、花道《はなみち》通りに向かった。風林会館は区役所通りと花道通りが交差する角にある。

古くからある飲食店ビルで、一階はガラス張りの喫茶店になっている。暴力団新法が施行される前は、やくざたちの溜《た》まり場になっていたが、いまは堅気の客ばかりだ。

歌舞伎町には、およそ百八十の組事務所がある。広域暴力団の二次団体が八つか九つあり、残りはそれぞれの下部組織だ。

暴力団対策法で組事務所に代紋《だいもん》や提灯《ちょうちん》を掲《かか》げることは禁じられている。どの組も商事会社や不動産会社を装っていて、一般市民は組事務所があることさえ気づかない。

不夜城の路上にたむろしているのは、不法滞在の外国人マフィアばかりだ。

この界隈《かいわい》を歩くと、北京《ペキン》語、上海《シャンハイ》語、韓国語、ペルシャ語、ウルドゥ語、タガログ語、タイ語、スペイン語などが耳に飛び込んでくる。

今夜も、あちらこちらにアジア系の男たちが固まって、母国語で声高《こわだか》に喋《しゃべ》っている。まるで異国にいるような錯覚にとらわれる。

「得体の知れない外国人がのさばってやがるな」

成瀬は歩きながら、小声で嘆いた。

「そうだね。彼らの多くがオーバーステイなんだろうが、仮に本国に強制送還されても、偽造パスポートやビザを使って、また日本に舞い戻ってくる」

「日本はまだデフレ不況だけど、連中にはまだ金を稼げる国なんだろうな。だから、不法入国が跡《あと》を断《た》たない」

「考えてみれば、彼らも気の毒だよ。好景気のころは、外国人労働者に汚くて危険な仕事をやらせて、景気が悪くなったとたん、解雇しちゃうんだからな」

「そうでしたね。自分の国では月収数万円しか稼げないのに、こっちでは十倍、二十倍の給料を貰《もら》ってたわけだから、不法滞在してでも日本で働きたいと思うはずだよな」

「そうだね。外国人マフィアは国外追放すべきだが、真面目《まじめ》に働きたいと思ってる連中には政府が就労ビザを与えるべきだよ」

「磯さん、それはちょっと問題でしょ？　日本人の失業者が三百四十万人以上もいるんですよ。労働賃金の安い外国人労働者がもっと増えたら、ドイツやフランスみたいに失業者たちが外国人労働者たちを排斥《はいせき》するようになるでしょ？」

「そうかもしれないな。しかし、日本の製造業関係の会社は安い労働賃金で人手を確保できる中国、ベトナム、タイ、カンボジアなんかに生産工場を続々と移してる。だから、日本は外国人労働者を受け入れてバランスを取らないと、昔のようにエコノミック・アニマルなどと国際社会から非難されるんだがね」

「それはその通りなんだろうが、日本の経済そのものが破綻《はたん》するかもしれないからなあ」

「こっちの言ってることは、きれいごとかな?」

「そこまでは言いませんけど、理想論でしょうね」

成瀬は思っていることをストレートに言った。磯村が微苦笑し、口を閉ざした。

二人は風林会館の横の脇道《わきみち》に入り、百数十メートル歩いた。中畑ビルはラブホテルの隣にあった。

八階建ての茶色いビルだった。地下一階の出入口には、ひと目で暴力団員とわかる二人の男が立っていた。どちらも二十代の後半だろう。

「あの二人は見張りでしょう。磯さん、こっちで張り込もう」

成瀬は磯村の腕を取り、物陰に導《みちび》いた。たまにラブホテルに入るカップルが目の前を通り過ぎる程度で、裏通りはひっそりとしていた。

中畑ビルの前にタクシーが横づけされたのは七時四十分ごろだった。

須田か。成瀬は目を凝《こ》らした。

だが、タクシーを降りたのは五十五、六歳の太った男だった。開襟《かいきん》シャツ姿で、膨《ふく》らんだクラッチバッグを小脇に抱えていた。

見張りの二人が深々と頭を下げた。常連なのだろう。

太った男は片手を挙《あ》げ、馴《な》れた足取りで地下一階に通じている階段を下《くだ》っていった。

やはり、違法カジノの会員らしい。

それから五、六分置きに、『ラッキー』の客たちが十人ほど地下一階に降りていった。商店主や小企業のオーナー社長といった感じの男が多かった。いずれも、中高年だった。

「須田って男、今夜は『ラッキー』に顔を出さないんだろうか」

磯村が呟いた。

「せっかちだな、磯さんは。まだ張り込んで二時間も経《た》ってないですよ」

「子供のころから、せっかちなんだよ。小学校の徒競走《ときょうそう》のとき、四回もフライングをやって、一緒に走る奴らに睨《にら》みつけられたっけな」

「そう」

「妻と別れるときも、決断は速《はや》かったよ。離婚届を突きつけられたら、即《そく》、署名捺印《なついん》したからね」

「別れた奥さんの反応は？」

「おれが少しもためらわなかったんで、ちょっと寂しそうだったな。それで皮肉たっぷりに『すっかり小娘に骨抜きにされちゃったみたいね。元アイドルと楽しく暮らしなさいな』と言って、娘の部屋に引っ込んじまった。せめて娘には父親の身勝手さを詫《わ》びたかったんだが、家の前にタクシーを待たせてたんでね」

「タクシーなんか、待たせておけばよかったんですよ」

「運転手をあまり苛々《いらいら》させても悪いと思ったんだ」

「磯さんは他人に気を遣《つか》うタイプだからな」

「その分、家族には冷淡だと元妻によく厭味を言われたよ」

「完全無欠な人間なんかいないでしょ？」

「それはそうなんだが、確かに別れた元妻にはわがままばかり言ってたから、反論はできなかったな」

「男と女は狎《な》れ合っちゃうと、つい自分の我を通そうとしますよね」

「それ、響子さんのことを言ってるのかい？」

「彼女だけじゃなく、おれも含めてね。エゴとエゴがぶつかり合えば、せっかく育《はぐく》んだ愛情にも亀裂が入る。だから、永遠《とわ》の愛はなかなか……」

「人間の心ってやつは、川の水と同じで一箇所に留《とど》まりつづけるわけじゃないからな」

「そうなんですよね」

話が途切れた。

その直後、見張りの男のひとりが急に成瀬たち二人のいる方向に歩いてきた。表情が硬い。

「張り込みに気づかれたのかもしれないな。磯さん、いったん花道通りまで引き返しましょう」

「そうするか」

二人は同時に足を踏みだした。

3

午後十時を過ぎた。

だが、須田らしき男はいっこうに姿を見せない。成瀬と磯村は、さきほどと同じ場所から中畑ビルに視線を注《そそ》いでいた。

数十分前に見張りの男たちは店の中に引っ込んだまま、一度も現われない。今夜は警察の手入れはないと判断したのだろうか。

「成《なる》やん、須田は来ると思う？」

　磯村が問いかけてきた。

「まだ何とも言えませんね。来るような気もするし、来ないような気もするな」

「そう。須田の友人に化けて、『ラッキー』に潜《もぐ》り込むことはできないかね。秘密カジノの会員と親しい者なら、案外、すんなりと店の中に入れてくれるんじゃないか」

「それ、成功するかもしれないな」

「成《なる》やん、トライしてみようじゃないか。違法カジノの会員の中には、きっと須田の仕事や自宅の住所を知っている奴がいるはずだ」

「そうでしょうね」

「しかし、おれたち二人が『ラッキー』に入ろうとしたら、怪しまれそうだな。どっちかひとりにしたほうがいいだろう」

「おれが潜り込みますよ。磯さんはレンタカーをこっちに回しといてください」

「何か危《ヤバ》いことになったら、すぐ車で逃げられるようにしておきたいんだな？」

「そういうことです。それじゃ、おれは違法カジノに潜入します」

　成瀬は言って、中畑ビルに足を向けた。

　磯村は急ぎ足で花道通りに向かって歩きだした。成瀬は、さすがに緊張していた。

相手が筋者でも、ひとりや二人なら別に怖《こわ》くない。しかし、『ラッキー』は桜友会が仕切っているという。

少なくとも、店内には四、五人の構成員がいるだろう。しかも、刃物か拳銃を懐《ふところ》に呑《の》んでいるにちがいない。無謀《むぼう》と言えば、無謀だ。だが、少しでも早く須田満夫の居所を知りたかった。

成瀬は深呼吸してから、中畑ビルの階段を下りた。

階段下の右側に、重厚な木製の扉が見える。扉の斜め上には、防犯カメラが設置されていた。

成瀬は防犯カメラを振り仰《あお》いでから、重厚な扉を手前に引いた。

短い通路の向こうに、もう一つドアがあった。そのドアが開けられ、二十七、八歳の男が現われた。黒っぽいスーツをきちんと着ているが、堅気には見えない。髪型はオールバックだった。

「会員の方じゃありませんね？」

「ああ。おれ、須田満夫の友人なんだ。須田のこと、知ってるよな？」

「ええ、もちろん。古くからの会員ですのでね、須田さんは」

「おれ、須田と店の前で十時に落ち合うことになってたんだ。しかし、あいつ、まだ来ないんだよ。先に少し見学させてもらえないかな」

成瀬は打診した。

相手が困惑顔になった。すかさず成瀬は付け加えた。

「三カ月前に親の遺産が一億ほど転がり込んだんだ。思わぬ臨時収入があったんで、ちょっと好きな賭《か》け事で遊びたくなったんだよ」

「一億もの遺産が⁉」

「そう。遺産をいっぺんに遣《つか》っても、別にどうってことないんだよ。おれ、賃貸マンションを一棟持ってるんでね」

「それは羨《うらや》ましい話だな。少々、お待ちいただけますか？　いま、上の者に話を通してみますので」

オールバックの男がにこやかに言い、あたふたと店の中に戻った。

いいカモが来たと内心、ほくそ笑《え》んでいるにちがいない。待つほどもなく、オールバックの男が戻ってきた。

「どうもお待たせいたしました。上の者の許可を取りましたので、どうぞお入りください」

「ビジターでも、ルーレットやバカラで遊べるんだろ？」

「ええ、もちろんですよ。ただ、会員の須田さんがお見えになってからでないと、チップをお渡しすることはできないシステムになってるんです」

「そうなのか。それじゃ、須田が来るまで見学させてもらうよ」

成瀬は言って、案内を促《うなが》した。

オールバックの男が慌《あわ》てて二枚目の扉を押し開いた。成瀬は歩《ほ》を進めた。

店内にはBGMが低く流されていた。クールジャズだった。

中央部に三台のルーレットが並び、その向こうに六卓のカードテーブルが据《す》えられている。ルーレットの周《まわ》りには五人の客がいた。ディーラーは若い男だった。カードテーブルでは四人の客がバカラやブラックジャックに興《きょう》じていた。

「お酒やソフトドリンクはサービスですので、お好きなものを召《め》し上がってください」

案内に立った男が右手にあるカウンターを見ながら、笑顔で言った。

酒棚《さかだな》には高級なブランデーやスコッチの壜《びん》が並んでいた。バーテンダーは白人女性だった。二十代の半《なか》ばだろう。髪は栗色で、セミロングだった。顔立ちは整っている。

「須田さんがお見えになりましたら、店の責任者をご紹介させていただきます」

「そのとき、入会の手続きを取らせてもらうよ」

「ありがとうございます。お客さま、お名刺をいただけませんでしょうか？」

「あいにく名刺は持ってないんだ。中村一郎《なかむらいちろう》だよ、名前は」

成瀬は、ありふれた姓名を騙《かた》った。

相手が一瞬、疑わしそうな目をした。平凡な偽名を使いすぎたか。

「中村一郎さまですね？」

「そう」

「ご職業はマンション経営ということで、よろしいでしょう？」

「ほかに飲食店を二店ばかり持ってるんだ」

「そうしますと、事業家ということになりますね」

「ま、そうだな」

「ご自宅は？」

「鎌倉に自宅があるんだが、いまは日比谷の帝都ホテルの一室を月極《つきぎめ》で借りてるんだ」

「リッチなんですね」

「おれなんか、まだまだ小金持《こがねも》ちさ。なんか喉《のど》が渇《かわ》いたな。スコッチの水割りでも、ご馳走《ちそう》になるか」

「どうぞ、どうぞ！　それでは、また後《のち》ほど」

オールバックの男が遠のいた。

成瀬は、さりげなく視線を泳がせた。見張りに立っていた二人の男は、どこにもいなかった。奥の事務室にでも引っ込んだのか。

成瀬は飴色《あめいろ》のカウンターに歩み寄り、スツールに腰かけた。

「お飲みものは何になさいます？」

白人の女性バーテンダーが滑《なめ》らかな日本語で問いかけてきた。

「日本語、上手だね。アメリカの方？」

「いいえ、カナダ人です」

「そう。日本には、どのくらいいるのかな？」

「足掛け三年になります。上智大に留学したんですけど、事情があって中退してしまったんですよ」

「もったいないなあ。日本人の悪い男に引っかかっちゃった？」

「ご想像にお任せします」

「名前は？」

「レイチェルです」

「名前から察すると、イギリス系のカナダ人みたいだね？」

「ええ、そうです。でも、フランス人の血も少しだけ混じっています。母方の曾祖父《そうそふ》がフランス人なんですよ」

「そう。えーと、バランタインの十七年物はある？」

「ございます」

「それじゃ、そいつを水割りで」

成瀬は言って、セブンスターに火を点けた。

レイチェルが手早くスコッチの水割りをこしらえた。オードブルは、生ハムとレーズンバターだった。

「お客さんは初めてですよね？」

「そうなんだ。須田の友人なんだよ。知ってるよね、須田は？」

「ええ」

「あいつ、最近、引っ越したらしいんだが、まだ転居通知を貰ってないんだ。転居先、聞いてる？」

成瀬は探《さぐ》りを入れた。

「いいえ、わたしはわかりません。会員の方たちとは、ここで軽いお喋りをするだけですので」

「きみは若くて美しいから、客の男たちに言い寄られたりしてるんだろうな」

「そういう会員の方はいません」

「まさか⁉」

「わたし、ある男性と一緒に暮らしているんです。ですから、デートを申し込まれたことは一度もありません」

レイチェルが少し哀《かな》しげな表情を見せた。この美しいカナダ娘は桜友会と関わりのある遊び人に惚《ほ》れ、抜き差しならない関係になってしまったのか。

成瀬は深くは立ち入らないことにした。スコッチの水割りを黙って飲み干し、お代わりをした。

レイチェルは二杯目の水割りを作ると、急に落ち着きを失った。

意味もなくカウンターの中を動き回り、時々、腕組みをした。その指先は、かすかに震えていた。顔から血の気も失《う》せかけている。どこか苛立《いらだ》たしげだ。

「具合が悪いの？」

成瀬は声をかけた。

「いいえ、なんでもありません」

「しかし、なんか体調がよくなさそうだな」

「ちょっと風邪気味なんですよ。薬を服《の》んできます」

レイチェルは虚《うつ》ろな目で言い、カウンターから出た。

そのまま急ぎ足で、奥に消える。

レイチェルは五、六分で、カウンターに戻ってきた。さきほどとは別人のように、潑《はつ》剌《らつ》としていた。目も生き生きとし、口数も多くなった。

「間違ってたら、ごめん。きみは何かドラッグをやってるんじゃないのか？」

成瀬は上体を前に傾け、ずばりと言った。

レイチェルの全身が強張《こわば》る。青い瞳《ひとみ》には、警戒の色が濃く貼《は》りついていた。

「そんなに警戒するなよ。昔、おれも覚醒剤《スピード》に溺《おぼ》れたことがあるんだ」

成瀬は、もっともらしく言った。レイチェルが安堵《あんど》した表情になった。

「覚醒剤《スピード》だね？」

「ええ、そうです」

「なんだって、薬物になんか手を出しちゃったんだい？」

「好きになった男が桜友会の理事の息子だったんです」

「同棲《どうせい》しているのは、その男なんだね？」

「ええ、そう」

「その彼も、やくざ《ギャングスター》なの？」

「いいえ、彼は桜友会には入ってません。でも、ろくでなしです。わたしをここで働かせて、自分は遊び暮らしてるんですから」

「別れちゃえよ」

「もう無理です。いまも彼のことは愛してますし、麻薬《ドラッグ》漬《づ》けになってしまったんで」

「それなりの覚悟があれば、覚醒剤《スピード》はやめられるよ」

「もういいんです。覚醒剤《スピード》を体に入れると、セックスの快感がとても鋭くなるんです。一度あの味を覚えたんで、病《や》みつきになってしまったんです。彼に抱かれてるとき、そのまま死んでもいいとさえ……」

「覚醒剤には確かに催淫《さいいん》効果はあるが、心も体もボロボロになっちまうぞ」

成瀬は言い諭《さと》した。

「わかっています。でも、どうしようもないの。それに長生きすれば、幸せだというわけじゃありません」

「その若さで人生を棄《す》てちまうのは、もったいないよ。おれもたいした生き方はしてないが、まだ人生は投げちゃいない」

「もういいんです。あなたのご厚意は嬉《うれ》しいけど、このままでいいの。だから、放っといてください」

レイチェルが下唇を噛《か》みしめ、カウンターの一点を見つめた。

成瀬は、なおも優しく語りかけた。しかし、レイチェルは耳を傾けようとしなかった。無言で顔を左右に振りつづけた。

取りつく島がない。成瀬はレイチェルの行く末を案じながらも、もはや何も言えなかった。レイチェルがカウンターの端に寄った。

「ご馳走《ちそう》さま！」

成瀬は止まり木から滑り降り、ルーレットテーブルに近づいた。

ディーラーの耳を気にしながら、客たちに須田のことをさりげなく訊く。誰もが須田とは顔見知りだったが、個人的なことを知っている者はいなかった。

成瀬はカードテーブルに移動した。ブラックジャックやバカラに夢中になっている男たちにそれとなく探《さぐ》りを入れてみたが、徒労に終わった。

長嘆息したとき、オールバックの男が歩み寄ってきた。

「須田さん、遅いですね。もう十時四十分ですよ」

「あいつ、約束を忘れてるようだな。明日、須田と一緒にまた来るよ」

「それはそれとして、店長がぜひ中村さんにお目にかかりたいと申しています。奥の事務室まで来ていただけませんでしょうか」

「明日、引き合わせてもらうよ」

成瀬は、そう応じた。

次の瞬間、両手をむんずと摑まれた。見張り役の二人が両側に立っていた。

オールバックの男がチップ交換所に足を向けた。右隣に立った猪首《いくび》の男が成瀬の耳許《みみもと》で言った。

「逃《フ》げ《ケ》ようとしやがったら、背中に匕首《ドス》を突き立てるぜ」

「おれが何をしたって言うんだっ」

「てめえ、須田さんの知り合いじゃねえな。何を嗅《か》ぎ回ってる?」

「なんか誤解されてるようだな」

「いいから、歩きな」

左隣にいる男が成瀬の背を押した。その男は右手首にゴールドのブレスレットを光らせていた。

猪首の男が短刀の切っ先を成瀬の脇腹に突きつけ、圧《お》し殺した声で凄《すご》んだ。

「ここで、ぶっ刺してもいいんだぜ」

「そいつは困る」

「だったら、言われた通りにするんだな」

「わかったよ」

成瀬は歩きだした。二人の男に腕を取られたまま、奥の事務室に連れ込まれた。

そこには、剃髪頭《スキンヘッド》の大男がいた。芥子色《からしいろ》のスーツを着込んでいる。片方の手首には、ダイヤをちりばめた宝飾腕時計を嵌《は》めていた。

「店長の久我《くが》です」

大男が桜材の両袖机《りょうそでづくえ》から離れ、総革張りのソファセットを手で示した。成瀬をソファに腰かけさせると、二人の男は事務室から出ていった。

「おれは刑事かもしれないと疑われてるようだな」

「刑事《デコスケ》にゃ見えねえよ、おたくは」

久我と名乗った巨身の男が向かい合う位置に腰かけた。三十六、七歳だろう、プロレスラーのような体軀《たいく》だ。

「おれは須田の友人の中村という者だ」

「中村一郎って名乗ったらしいな。もう少し頭《ペテン》を使えや。いかにも偽名っぽいじゃねえか」

「中村一郎は本名なんだ」

「それじゃ、運転免許証を見せてくれ」

「何年も前に免許証の書き換えをし忘れて、いま車の運転はしてないんだ。あいにく名刺も持ち歩いてないんだよ」

「うまく逃げやがったな。けど、そんな嘘は通用しねえぞ。おたく、須田の居所を知りてえようだな？」

「なにを言ってるんだよ。須田とは長いつき合いなんだ。あいつの居所ぐらい知ってるよ」

「諦《あきら》めが悪いな。おたくが客たちに須田のことをいろいろ訊き回ってたという報告は受けてる」

「おれは、そんなことしてない」

成瀬は言い切った。

「なら、須田の家《ヤサ》がどこにあるか答えてもらおうか」

「おれは他人《ひと》に何かを試《ため》されるのが嫌いなんだよ」

「やくざを甘く見ると、後悔することになるぜ」

久我が腰の後ろから、デトニクスを掴み出した。

アメリカ製のポケットピストルで、全長は約十七センチだ。インサイドホルスターを使えば、まず拳銃を所持しているとは他人に気づかれない。

だが、四十五口径だ。侮《あなど》れない。

コルト・ガバメントのコピーモデルの一つで、弾倉《マガジン》にはＡＣＰ弾が六発入る。予《あらかじ》め初弾を薬室《チャンバー》に送り込んでおけば、フル装弾数は七発だ。

成瀬はスタントマン時代にハワイやグアムの射撃場《シューティング・レンジ》で各種の拳銃《ハンドガン》を実射している。デトニクスの引き金を絞ったこともある。

「何者なんでえ？」

久我がスライドを引き、銃口を成瀬に向けてきた。成瀬はことさら怯《おび》えて見せた。

「う、撃たないでくれ。実はおれ、外車のディーラーの者なんだ。須田は車の頭金を払っただけで、残金を一年以上も払ってくれないんだよ。おまけに転居先を教えてくれないんで、彼の新住所を知りたかったんだ」

「須田は六年前から高円寺の同じマンションに住んでるはずだがな」

「そのマンションの部屋はそのままなんだが、もう寝泊まりしてないんだ」

「そんなわけねえな。おたくの話は信用できねえ」

久我がそう言い、撃鉄《ハンマー》を掻《か》き起こそうとした。

成瀬は両足でコーヒーテーブルを思い切り蹴った。テーブルが久我の向こう臑《ずね》に当たった。久我が呻《うめ》く。成瀬は久我の右腕に手刀打《しゅとうう》ちを見舞った。デトニクスがコーヒーテーブルの上に落ちた。

成瀬はポケットピストルを拾い上げ、手早く撃鉄を起こした。すぐに空いている手で背当てクッションを掴み、銃口に宛《あて》がった。

「お、おめえ、拳銃《チャカ》を扱ったことがあるな？」

「ああ。海外の射撃場で、いろんな拳銃やライフルを撃ってる。このデトニクスも何回か実射した」

「てめえは何屋なんでえ？」

「ただのフリーターさ。しかし、軽く見ないほうがいいぞ。こっちは捨て身で生きてるんだ。別にヤー公なんか怖《こわ》くない」

「いい度胸してるじゃねえか。堅気《ネス》にしておくのは惜《お》しいな。桜友会に足《ゲソ》つける気があるんなら、おれが面倒見てやらあ」

「ヤー公になる気はない。それより、須田満夫の自宅の住所を教えてもらおうか」

「てめえ、さっきは須田の家《ヤサ》を知ってるようなことを言ってたじゃねえか」

「実は知らないんだ」

「くそっ、ふざけやがって」

「須田のアドレスは？」

「教えねえよ。須田は大事な客だからな。それに撃《ハジ》けるわけねえんだ。だから、おれは何も喋らねえ」

　久我が鼻先で笑った。

　成瀬は背当てクッションで銃身をくるみ、すぐに威嚇《いかく》射撃した。くぐもった銃声が響き、放ったACP弾はソファの背凭《もた》れを穿《うが》った。

「て、てめえ！」

「今度は腹を撃ってやろう」

「やめろーっ」

　久我がグローブのような大きな手を前に突き出した。そのとき、猪首とブレスレットの二人が事務所に飛び込んできた。

「二人とも騒ぐな」

　成瀬は言いながら、ソファから立ち上がった。

　見張り役の二人は棒立ちになった。成瀬は二人を床に這《は》わせてから、久我の背後に回り込んだ。

「須田の住所は？　答えなきゃ、頭を吹き飛ばすぞ」

「確か高円寺北二丁目にある『高円寺スカイコーポ』の六〇六号室に住んでる」

「ありがとよ」

「デトニクスを返してくれねえか」

久我がそう言い、振り向いた。成瀬は銃把《グリップ》で久我の側頭部を殴りつけた。久我が短く呻いて、横倒しに転がった。

成瀬は事務所を飛び出し、そのまま『ラッキー』を走り出た。地上に駆け上がると、斜め前にプリウスが見えた。

運転席の磯村が成瀬に気づき、助手席のドアを開けた。

成瀬はレンタカーに走り寄り、助手席に乗り込んだ。磯村がプリウスを急発進させた。

「成《なる》やん、その拳銃は？」

「『ラッキー』の店長に怪しまれて、こいつを突きつけられたんだ。でも、隙《すき》を衝《つ》いて、このデトニクスを奪ってやりました」

成瀬は上体を捩《ひね》り、リア・ウインドーの向こうを見た。見張り役の二人が茫然《ぼうぜん》と突っ立っていた。

「磯さん、高円寺北二丁目に行ってください」

「須田の自宅、わかったんだな？」

「ええ。店長の話だと、須田は『高円寺スカイコーポ』の六〇六号室に住んでるらしい。

とにかく、行ってみましょう」

「そうするか」

磯村が加速しはじめた。成瀬は銃把から弾倉《マガジン》を引き抜き、指先で残弾を確かめた。三発だった。

成瀬はデトニクスをグローブボックスに収めると、目で公衆電話を探しはじめた。数百メートル離れた場所にボックスがあった。磯村が心得顔でレンタカーを電話ボックスのそばに寄せる。

成瀬はプリウスを降り、一一〇番した。

「事件ですか？　それとも、事故ですか？」

男の声で応答があった。

「歌舞伎町の中畑ビルの地下一階で、桜友会が違法カジノをやってるぜ。レイチェルというカナダ人の女性バーテンダーがいるんだが、彼女は理事の倅《せがれ》に覚醒剤中毒にされてしまったんだ。早くレイチェルを保護してやってくれないか」

「あなたのお名前と連絡先を教えてください」

「一市民だよ」

成瀬は電話を切り、レンタカーの中に戻った。

4

六〇六号室は明るかった。

『高円寺スカイコーポ』だ。どうやら須田は、自宅にいるらしい。

表玄関はオートロック・システムにはなっていなかった。管理人の姿も見当たらない。

成瀬はインターフォンのボタンに手を伸ばした。

ちょうどそのとき、室内で人の揉《も》み合う物音がした。怒声と呻き声が洩《も》れてきた。

「須田が誰かと喧嘩《けんか》してるみたいだな。成《なる》やん、どうする？」

磯村が小声で言った。

「第三者に顔を見られるのは、まずいですよね？」

「そうだな」

「騒ぎが鎮《しず》まってから、須田の部屋に押し入りましょう」

「そうするか」

二人は六〇六号室から離れ、非常口の近くにたたずんだ。須田の部屋からは、十数メートル離れていた。

「須田は『ラッキー』以外の違法カジノに出入りしているのかもしれないな」

成瀬は呟いた。

「そうだとしたら、負けた金の返済を迫られてるんだろう。あるいは、須田は盗撮動画を恐喝材料にして、誰かから金を脅し取ろうとしたのかもしれないぞ」

「それで、逆に痛めつけられることになった？」

「ひょっとしたらな。どっちにしても、さっき呻いたのは部屋の主なんだろう」

「そうなのかな。須田が誰かを自分の部屋に連れ込んで、ちょいと締め上げたとも考えられるんじゃない？」

「なるほど、そうとも考えられるな。須田は、平凡な勤め人ではなさそうだから」

「磯さん、須田の職業の見当はつきます？」

「なんの根拠もないんだが、不動産ブローカーかホステスのスカウトマンなんじゃないかな。なんとなくそんな気がするんだ。成《なる》やんは、どんな仕事をしてると思う？」

「おれもただの勘なんですが、須田は小口の闇《やみ》金融をやってるんじゃないだろうか。夜の仕事をしてる連中や不法滞在の外国人たちに十万とか二十万とか貸して、法外な金利を取ってるのかもしれないな」

「それ、当たってそうだね。そんなことをやってるうちに、暴力団関係者と知り合って、違法カジノに出入りするようになったんじゃないだろうか」

「そのあたりのことは、本人に直《じか》に訊いてみましょう」

「そうだな。部屋に妻や子供がいる様子はなかったが、須田は独身なんだろうか」

「多分、独身なんだと思います。結婚してたら、違法カジノで遊んだり、盗撮動画集めに熱中したりしないでしょ？」

「そうとも言い切れないぞ。いまの三、四十代の男は総じて子供っぽいところがあるからな」

「言われてみれば、おれも大人子供みたいなところがあるんでしょう。あと数年で四十代になるのに、二十代のころと気持ちはあまり変わってないからね」

「ちょっとしたことで傷ついちゃうし、憤《いきどお》りを抑《おさ》え込むこともできない？」

「実際、その通りです。どうしても他人と適当に折り合うことができない。要するに、ガキなんでしょう」

「そういう青っぽさは大事なんじゃないか。狡《ずる》く生きて物質的な豊かさを得たところで、精神的な充足感がなきゃ、人生、ちっとも愉《たの》しくない」

「ゴーストライターで稼ぎまくってた磯さんがそう言うんだから、事実、その通りなんでしょうね」

「成《なる》やん、まったく身寄りがなかったら、どんなにか自由だと思ったことはないか?」

磯村が問いかけてきた。

「ありますよ、それは。親兄弟がいなかったら、もっと好き勝手に生きられるでしょうね」

「そうだと思うな。どこでどう生き、どこでどうくたばろうが、誰にも迷惑はかからない。生きることに飽《あ》きたら、自分で幕を引いても誰からも文句は言われないわけだ。自由気ままでいいねえ」

「自由でアナーキーな生き方には、おれもちょっぴり憧《あこが》れてるんです。開き直っちゃえば、この世に怖いもんなんかありませんからね」

「名声も金もいらないとなりゃ、何もあくせくする必要はない。法律も倫理も糞《くそ》くらえと思えば、なんだってやれるだろう」

「そんなふうに生きられたら、最高ですよね。独身のおれは覚悟ひとつで、アナーキーになれる。しかし、磯さんは無理だと思うな」

「どうして?」

「別れた奥さんはともかく、娘さんの存在は無視できないでしょう? 自分が野垂《のた》れ死んだりしたら、娘さんに悲しい思いをさせるだろうなんて、つい考えるんじゃないですか」

「ま、それはね。しかし、もう娘も社会人なんだ。おれには兄貴と妹がいるが、だいぶ疎遠《そえん》になってる。仮におれが犯罪者になったり、何かの事件に巻き込まれて殺害されても、兄と妹の迷惑や悲しみは一時《いっとき》のものだろう。おれにだって、アナーキーな生き方をする資格はあるさ。ほとんど寄辺《よるべ》なき身だからね」

「それじゃ、おれたち、とことん羽目《はめ》をはずしちゃいます？」

「いいね。法律？　それがどうした！　人の道？　だから、何なんだっ。やくざ？　ぶっ殺すぞ、クズども！」

「アナーキーだな」

成瀬は笑いながら、言い継いだ。

「政治家、官僚、財界人、文化人が揃って腐ってしまった？　みんな横に並べて、マシンガンで撃ち殺してやる。弱者や貧者を差別してる奴らがいるよね。そいつらの目玉をフォークで突き刺して、ついでに尻《けつ》の穴に鉄パイプを突っ込んでやる」

「いいね！　成《なる》やん、人生は愉《たの》しまなきゃな」

「そうしましょうよ」

二人は肩を叩き合って、固い握手を交わした。

握手を解《と》いたとき、六〇六号室のドアが開いた。最初に姿を見せたのは、眉の薄い四十年配の男だった。角張った顔をしている。須田だろう。

成瀬は須田と思われる男に話しかけようとした。そのとき、別の男が六〇六号室から現われた。黒いスポーツキャップを目深《まぶか》に被《かぶ》り、色の濃いサングラスをかけていた。シャツもスラックスも黒っぽい。上背《うわぜい》があり、体格も悪くない。男は片手で、須田らしい男のベルトをしっかと摑んでいた。

「おたく、須田満夫さんだよね？」

成瀬は眉の薄い男に声をかけた。

男が振り向き、反射的にうなずいた。すぐに彼は怪訝《けげん》な顔つきになった。

「どなたでしたっけ？」

「ほら、『ラッキー』で一度お目にかかったでしょ？」

「よく憶《おぼ》えてないな」

「なんかトラブルでも？」

「後ろの男が急に部屋に押し入ってきたんだ。どなたか知りませんが、わたしを救《たす》けてください。わたし、拉致《らち》されかけてるんですよ」

「おれたちに任せてください」

成瀬は磯村を目顔で促し、歩廊《ほろう》を進んだ。歩きながら、ベルトの下からデトニクスを引き抜く。

スポーツキャップの男は、なぜか少しも怯《ひる》まない。成瀬は銃口をスポーツキャップの男に向けた。

「おい、ベルトから手を放せ。おれたちは須田さんに用があるんだ」

「邪魔するな」

「この拳銃はモデルガンじゃないぞ」

「わかってる。けど、ぶっ放せないだろうが？」

男が言いながら、片手を腰の後ろに回した。

引き抜いたのはマカロフＰｂだった。ロシア製のサイレンサー・ピストルだ。ロシア軍の特殊部隊《スペツナズ》で使用されている特殊拳銃である。口径は九ミリで、装弾数は八発だ。

「成《なる》やん！　あのピストルは……」

磯村が身を竦《すく》ませた。

「伏せて」

「えっ」

「磯さん、伏せてください！」

成瀬は磯村を歩廊に腹這いにさせ、自分は片膝《かたひざ》をついた。デトニクスのスライドを引き、両手保持で構える。

「おれも、この須田に用があるんだ。だから、連れてくぜ」

スポーツキャップの男が言うなり、サイレンサー・ピストルの引き金を無造作に絞った。発射音は、ごく小さかった。圧縮空気が洩《も》れるような音がしたきりだ。

放たれた銃弾は成瀬の頭上すれすれのところを疾駆《しっく》し、後方の壁にめり込んだ。風圧に似た衝撃波が、彼の頭髪を薙《な》ぎ倒した。

「死にたくなかったら、おまえも腹這いになれ」

スポーツキャップの男が成瀬に命じた。

忌々《いまいま》しかったが、デトニクスで撃ち返すことはできない。成瀬は歩廊に這いつくばった。

「だ、誰か……」

須田が掠《かす》れ声で救いを求めた。

すると、スポーツキャップの男が須田の後頭部に消音器の先端を押し当てた。

須田が怯《おび》えはじめた。スポーツキャップの男は成瀬の動きを見ながら、須田をエレベーター乗り場まで歩かせた。成瀬は半身を起こしたが、追うことはできなかった。須田と男が函《ケージ》の中に消えた。

「磯さんはここにいてください」

成瀬は立ち上がり、非常扉に向かって走りだした。

内錠を外し、非常階段の踊り場に飛び出す。暑さは幾分、和《やわ》らいでいた。

成瀬は白い鉄骨階段を勢いよく駆け降りはじめた。靴音がやけに高く響く。

一階まで一気に下《くだ》り、アプローチに向かった。須田たちの姿は目に留《と》まらなかった。

成瀬はマンションの前の路上に走り出た。

ちょうど灰色のエルグランドが急発進したところだった。車内は暗くて、よく見えない。だが、須田はエルグランドの中に押し込まれたと思われる。

「おい、待てーっ」

成瀬はデトニクスをベルトの下に差し込むと、エルグランドを追いかけはじめた。

走りながら、ナンバープレートに目をやる。数字は黒いビニールテープですべて覆い隠されていた。

エルグランドは、みるみる遠ざかりはじめた。

もはや追いつける距離ではない。成瀬は足を止め、すぐ須田のマンションに引き返した。

成瀬はエントランスロビーに走り入り、エレベーターで六階に上がった。

　磯村は六〇六号室の前にたたずんでいた。

「須田は、さっきの男に拉致されました。奴の仲間がマンションの前で待機してたようです。怪しいエルグランドを追ったんだけど、とても追いつけなかったんだ」

「成《なる》やん、逃げた車のナンバーは？」

「黒いビニールテープで数字は隠されてたんですよ」

「スポーツキャップを被ってた男は妙に落ち着いてたな。おそらく殺し屋《プロ》なんだろう。いや、きっとそうにちがいない」

「そうなのかな」

「成《なる》やん、須田の部屋のドアはロックされてない。中に入ってみないか。例の盗撮動画のＤＶＤがあるかもしれないから」

「ええ、そうしましょう」

　成瀬はドアを引き、先に部屋の中に入った。

　電灯は煌々《こうこう》と灯《とも》っていた。二人は奥に進んだ。間取りは２ＤＫだ。手前にダイニングキッチンがあり、ベランダ側に六畳の洋室と和室が並んでいる。

　エア・コンディショナーが作動《さどう》していた。室内は、ほどよい涼しさだ。

「おれは、こっちの部屋を物色してみるよ」

磯村がそう言い、左側の和室に入った。

成瀬は右手にある洋室に足を踏み入れた。右の壁際にシングルベッドが置かれ、和室側にはテレビ、ＤＶＤラック、ＣＤコンポが連《つら》なっていた。

成瀬はＤＶＤラックの前に立った。

五段のラックには、夥《おびただ》しい数のＤＶＤが収められている。百枚近くありそうだ。いずれも盗撮ものだった。

成瀬はＤＶＤを引き抜き、タイトルとスチール写真を一枚ずつ検《しら》べはじめた。麻実とは無縁のＤＶＤばかりだ。最下段の棚にタイトルのないＤＶＤが三枚あった。

「簡易デスクの引き出しの中に、須田の名刺箱があったよ」

磯村がそう言いながら、洋室に入ってきた。名刺を一枚手にしている。

「須田はどんな仕事を？」

「宝石のブローカーをやってるみたいだね。連絡先はここになってるから、特にオフィスはないんだろう。宝石の詰まった鞄《かばん》はどこにもなかったよ」

「なら、宝石ブローカーかどうか怪しいですね」

「そうだな。問題のＤＶＤは？」

「タイトルのないＤＶＤが三枚あるんですが、もしかしたら、その中に矢吹麻実のフェラチオシーンが映ってるのかもしれません。ちょっと観《み》てみましょう」

成瀬はテレビとＤＶＤプレイヤーの電源を入れ、ＤＶＤをセットした。磯村がベッドに浅く腰かけた。

最初のＤＶＤは、デパートか駅の女性用トイレの個室で隠し撮りされたものだった。若い女性たちの放尿シーンが次々に映し出された。ペーパーで性器を拭《ぬぐ》う場面も鮮明に映っている。汚物入れの後ろに、超小型ＣＣＤカメラが仕掛けられていたのか。

二枚目のＤＶＤは、どこかの女子高校の更衣室で盗撮された映像だった。着替えのシーンが単調につづいている。

成瀬は途中で停止ボタンを押し、最後のＤＶＤに差し替えた。露天風呂で隠し撮りされたものだった。入浴中の女は若かった。

成瀬は落胆し、三枚のＤＶＤをラックに戻した。

「矢吹麻実の映ってる動画は、別の場所に隠してあるんじゃないのかな。成《なる》やん、徹底的に家捜《やさが》ししてみよう」

「そうしますか」

二人は手分けして、念入りに物色してみた。

だが、肝心のＤＶＤはついに見つからなかった。須田は誰かに転売してしまったのか。

「無駄骨を折ってしまったな。成《なる》やん、引き揚げようか」

「このまま手ぶらで帰るのは、なんか癪《しゃく》だな。磯さん、須田が集めた盗撮ＤＶＤをかっぱらって、売っ払っちゃいましょうよ」

「窃盗罪になるな」

「いやなら、おれひとりで盗《ギ》ります」

「いまさら善人ぶっても意味ないか。共犯者になるよ」

磯村が立ち上がり、ベッドカバーを引き剝《は》がした。それから、ベッドカバーを床いっぱいに拡《ひろ》げた。

成瀬はラックに入っている盗撮ＤＶＤをすべてベッドカバーの上に積み上げ、バランスよく包み込んだ。二人は自分たちの指紋や掌紋《しょうもん》をきれいに拭《ぬぐ》ってから、須田の部屋を出た。

もちろん、成瀬はドア・ノブをハンカチで拭《ふ》くことも忘れなかった。盗み出したＤＶＤをレンタカーの後部座席に積み込み、二人は新宿に向かった。

歌舞伎町には、終夜営業のビデオ店が十数軒ある。同じ店でいっぺんに大量のＤＶＤを売ったら、不審の念を懐《いだ》かれる。

二人は九十七枚の盗撮ＤＶＤを七店に分けて売り払った。総額で二十二万四千円になった。十一万二千円ずつ分けて、成瀬たちは午前三時まで営業している鮨屋《すしや》に入った。ビールを飲みながら、握り鮨をたらふく喰《く》った。

「おれも磯さんも、もうアウトローの仲間入りだな。こうなりゃ、後は皿まで喰《く》らっちまうか」

「エゴイスティックな悪党《ワル》は魅力がない。成《なる》やん、悪人どもの上前をはねてやろうや」

「面白そうですね。英雄《ヒーロー》と紙一重の悪役《ヒール》になるのも悪くないな」

「とりあえず、その路線をめざそう。さて、出るか」

「ここは、おれが奢《おご》ります」

成瀬は勘定を済ませ、磯村と店を出た。

すると、前方から柄の悪い若い男たちがやってきた。五人だった。男たちは横一列にのし歩いている。

「おまえら、縦に歩けよ。通行人に迷惑がかかるだろうが！」

磯村が若い男たちを怒鳴りつけた。と、髪を金色に染めた若者が血相を変えて前に踏み出してきた。

「じいさん、もう一度言ってみな」

「縦に歩けと言ったんだっ」

磯村が踏み込んで、相手の顔面に右のストレートパンチを浴びせた。みごとなステップインだった。

金髪少年は両腕をＶ字に掲《かか》げ、そのまま後方に引っくり返った。

仲間の四人が一斉《いっせい》に磯村に組みつき、路面に捻《ひね》り倒した。成瀬は磯村の上にのしかかった若者たちを引き剝がし、突きや蹴りを見舞った。

「ありがとよ、成《なる》やん」

磯村が敏捷《びんしょう》に跳《は》ね起き、ファイティングポーズをとった。

相手の五人が磯村を取り囲む。ナイフを握っている者もいた。

「磯さん、この暑いのにわざわざ汗をかくことありませんよ」

「え？」

「こいつでクソガキどもを追っ払えば」

成瀬は腰の後ろからデトニクスを引き抜き、磯村に手渡した。

磯村が拳銃の撃鉄を親指で掻《か》き起こし、銃口を左から右にゆっくりと振った。若い男たちが何か信じられないものを見たような表情になった。

「危《ヤベ》え、本物《モノホン》の拳銃だぜ」

「みんな、逃げよう！」

「おれ、まだ死にたくねえよ」

男たちが口々に言い、相前後して身を翻《ひるがえ》した。

そのとき、成瀬は野次馬のサラリーマン風の男がスマートフォンで一一〇番通報しているのに気づいた。

「磯さん、まごまごしてると、パトカーが来るよ」

「手錠《ワッパ》打たれちゃ、たまらない」

「早いとこ消えましょう」

成瀬たちは人垣を掻き分け、細い裏通りを走りはじめた。

第三章　容疑者の死

1

問題の盗撮動画はどこにあるのか。

さきほどから成瀬は天井を見つめながら、そのことを考えつづけていた。磯村の自宅マンションの和室である。

成瀬は畳の上に直《じか》に横たわっていた。仰向《あおむ》けだ。畳の感触が心地よい。

部屋の主は、台所でパスタを茹《ゆ》でていた。ペペロンチーノを昼食に作ってくれるらしい。磯村は気が向くと、月に何度か自炊しているという。

成瀬は前夜のことを思い起こしてみた。

須田のマンションの居室《きょしつ》や物入れは隅々までチェックした。台所の調理台の下や洗面台の下も覗《のぞ》いた。トイレや浴室も検《あらた》めた。しかし、肝心の盗撮動画はどこにもなかった。

よく考えてみると、チェックが甘かった気もする。トイレの貯水タンクの中や押入れの天井裏までは検《しら》べなかった。

もう一度、須田の自宅をチェックし直す必要がありそうだ。それでも件《くだん》の盗撮動画が見つからなかったら、須田は自宅以外のどこかに隠したのだろう。

そこは、どこなのか。コインロッカーか、知人に盗撮動画を預けたのか。あるいは、誰かに譲ってしまったとも考えられる。

昨夜、なぜ須田はスポーツキャップを被った男に拉致《らち》されることになったのか。その謎《なぞ》が解ければ、問題の盗撮動画のありかはわかるかもしれない。

そもそもロシア製のサイレンサー・ピストルを所持していた男は、いったい何者なのか。

須田は仕事か遊びのどちらかで、誰かと揉《も》め事を起こしたのかもしれない。怒った相手がスポーツキャップの男に命じて、須田を拉致させたのか。

須田の交友関係を調べれば、何か手がかりを得られそうだ。元刑事の片岡なら、そのあたりのことはたやすく調べられるだろう。

成瀬は跳《は》ね起き、スマートフォンで片岡に連絡を取った。

　電話はスリーコールで繋がった。成瀬は昨晩のことを詳しく話した。

「須田を連れ去った男は、素人じゃなさそうだな」

「おれも、そう思います。おそらく須田は、誰かとトラブルを起こしたんでしょう。そこで、元刑事の片岡さんにちょっと協力してもらいたいんだ。知り合いの警察関係者に頼んで、須田の交友関係を調べてもらってほしいんですよ」

「成瀬君、ちょっと待ってくれ。知り合いの刑事に須田の交友関係や犯歴を調べてもらうことはできる。しかし、それじゃ、成瀬君と磯村さんにおれの仕事を回した意味がないじゃないか。肝心の調査を他人任せにして、ひとり三百五十万円の成功報酬を得ようとするのは……」

「虫がよすぎます？」

「ちょっとね。何もおれは意地悪する気はないんだ。今後の成瀬君たちにはいろいろアシストしてもらいたいと思ってるから、自分らの力で調べ上げてもらいたいんだよ。それに、おれ自身、警察関係者にあまり借りをつくりたくないと考えてるんだ」

　片岡が言った。

「おれ、ちょっと考えが甘かったですね。確かに片岡さんの言う通りです。おいしい仕事を回してくれた片岡さんにそこまで甘えるのは、土台、間違ってる。磯さんと二人で、なんとか自分たちで須田の交友関係を調べてみます」

「成瀬君、そう力《りき》むほどのことじゃないよ。須田のマンションの入居者や管理会社に当たれば、ある程度の交友関係はわかるはずだ。その連中に探《さぐ》りを入れれば、須田が脅迫者かどうか判断がつくだろう。それから、須田を連れ去ったスポーツキャップの男の正体もわかるかもしれないぞ」

「さすがは元刑事だな」

「感心されるほどのことじゃないと思うがね。迷路に入り込むまでは、磯村さんと協力し合って脅迫者捜しをしてくれないか」

「わかりました。おれたち二人の力で犯人を突きとめて、例の盗撮動画を回収します」

成瀬は先に電話を切った。

「おーい、昼飯ができたぞ」

磯村が大声で告げた。成瀬は和室からダイニングキッチンに移った。

食卓には、二人分のペペロンチーノと麦茶が載《の》っていた。二人はダイニングテーブルに着き、パスタ料理を食べはじめた。

「味はどうかな?」

磯村が訊《き》いた。

「うまいっすよ。磯さん、三百五十万円入ったら、キッチンカーで喰いものを売ったら？　きっと繁盛しますよ」

「おれは商売には向いてない。細々《こまごま》としたことは好きじゃないし、毎日、同じことを繰り返す暮らしも苦手なんだ」

「そうですか」

「それより、さっき片岡君に電話してなかった？」

「ええ、してました」

成瀬は片岡との遣《や》り取《と》りを伝えた。

「彼の言う通りだね。須田のことは、われわれ二人で調べるべきだよ」

「そうしましょう。また、須田のマンションに行って、チェックし忘れた水洗トイレの貯水タンクの中や押入れの天井裏を検《しら》べてみましょうよ」

「そうするか。そうそう、ベランダに白いプランターがあったな。ひょっとしたら、例の盗撮動画は密封されて、プランターの土の中に隠されているのかもしれないぞ」

「そういう可能性もあるな。とにかく、これを喰《く》ったら、高円寺に行きましょう」

「そうしよう。部屋を物色した後、マンションの入居者に会ったり、管理を任されている不動産屋にも行ってみようや」

磯村がそう言いながら、フォークを巧《たく》みに操《あやつ》った。

二人は昼食を摂《と》ると、ほどなく部屋を出た。レンタカーで、須田の自宅マンションに向かう。『高円寺スカイコーポ』に着いたのは、午後二時数分過ぎだった。

成瀬たちは六階に上がった。

六〇六号室の電灯は点いたままだった。エア・コンディショナーも作動している。

二人は手分けして、トイレの貯水タンク、押入れの天井裏、ベランダに置かれたプランターなどを入念に検《しら》べた。しかし、探し物は見つからなかった。

成瀬たちは須田の部屋を出ると、隣室のインターフォンを鳴らした。

ややあって、女の声で応答があった。

「どなたでしょうか？」

「わたし、調査会社の者なんですが、お隣の須田さんのことで少し話をうかがわせてもらえないでしょうか？」

成瀬は澱《よど》みなく出まかせを口にした。

「信用調査か何かかしら？」

「ええ、そうです。ある会社が須田さんと新規の取引をすることになったんですが、その前に少し事前調査をしてほしいと……」

「そうなんですか。そういう信用調査なら、迂闊《うかつ》なことは言えないわね。後で須田さんに逆恨《さかうら》みされちゃうかもしれないから」

「調査の協力者のことは、絶対に表に出したりしません。あなたには決して迷惑はかけませんので、ご協力ください。それほどお時間はとらせません」

「そういうことなら、協力します。少々、お待ちください」

　スピーカーが沈黙した。

　十数秒待つと、ドアが半分ほど開けられた。現われたのは、三十二、三歳の丸顔の女性だった。専業主婦っぽい雰囲気《ふんいき》だ。

「われわれは、『帝都《ていと》リサーチ』という調査会社の者です。わたしが中村で、連れは佐藤《さとう》と言います」

　成瀬は嘘《うそ》を重ねた。

「お隣の須田さんとは挨拶《あいさつ》をするぐらいで、プライベートなことはほとんど知らないんですよ」

「そうですか。須田さんは六〇六号室で、ずっと独り住まいをされてるんですね？」

「ええ、そうだと思いますよ。部屋から須田さん以外の方が出てくるところを見たことはありませんので」

「定期的に誰かが訪ねてきたりしていませんか？」

「そういう方もいないと思います。ただ、幾度か、やくざっぽい男たちが訪ねてきて、金を返せと喚《わめ》いたことはありましたね。須田さんは、サラ金からお金を借りてたんじゃないのかな。まだ不景気だから、貴金属はあまり売れないでしょう。須田さん、宝石のブローカーなんですよね？」

「ええ、そうです。このマンションの管理をしてるのは？」

「高円寺駅のそばにある『明信《めいしん》エステート』という不動産屋です。お店は、北口にあります」

「そうですか」

「ほかに知ってることはないわね」

相手が言い、ノブに手を掛けた。

成瀬たちは礼を述べ、六〇五号室を離れた。

六〇七号室のインターフォンを鳴らしてみたが、なんの反応もなかった。留守らしい。

「不動産屋に行ってみよう」

磯村が提案した。

成瀬は同意し、エレベーター乗り場に足を向けた。

　二人はプリウスで駅前をめざした。目的の不動産屋は、わけなく見つかった。

　成瀬たちはレンタカーを路上に駐《と》め、『明信エステート』に入った。六十年配の男が所在なげに物件カードを眺めていた。

「いらっしゃい。どのような物件をお探しでしょう？」

「申し訳ない。われわれは客じゃないんですよ」

　磯村が店主らしき男に言い、調査会社の者だと偽《いつわ》った。相手は少し失望したようだったが、すぐに好奇心を示した。

「どんなことを調べてるんです？」

「『高円寺スカイコーポ』の六〇六号室を借りてる須田満夫さんのことを……」

「須田さんは家賃も管理費も、きちんと払ってますよ。ちょっと取っ付きにくい感じだけど、いい賃借人だね」

「部屋を借りるとき、保証人が必要なんでしょ？」

「ええ。あのマンションの場合は、入居者に保証人を付けてもらっています。家主が元判事で、人間が堅いんですよ」

「須田さんの保証人は？」

　成瀬は口を挟んだ。

「確か実兄だったと思うけど、ちょっと待ってくださいよ。いま、確認しますから」

店主らしい男が回転椅子《いす》を半周させ、スチールキャビネットから水色のファイルを引き抜いた。前に向き直り、賃貸契約書の写しを一枚ずつ捲《めく》りはじめた。

磯村が綿ジャケットの内ポケットから、手帳を取り出した。

「やっぱり、お兄さんだね。須田哲也《てつや》、四十六歳。えーと、勤務先は『向洋食品《こうよう》』で、自宅は大田区上池台《かみいけだい》四丁目二十×番地になってるね」

店の者が言った。

磯村がメモを執《と》ってから、信用調査であることを告げた。男は詳しいことを知りたがったが、成瀬たちは早々に不動産屋を出た。

レンタカーに戻ると、磯村が『向洋食品』のホームページにアクセスして、代表電話番号を調べた。すぐに電話をかけたが、あいにく須田の実兄は会議中とのことだった。

「磯さん、須田哲也の自宅に行ってみましょうよ。多分、奥さんが家にいるでしょう」

「そうするか」

「ええ」

成瀬はプリウスを走らせはじめた。

目的の家を探し当てたのは、およそ四十分後だった。建売住宅のようだった。五十坪ほどの敷地に、似たような二階家が建ち並んでいる。成瀬たちは車を降り、須田哲也宅のインターフォンを鳴らした。しかし、なんの応答もない。

「須田の兄嫁は近くに買物に出かけたのかもしれない。成《なる》やん、ちょっと待ってみよう」

「そうしますか」

二人はレンタカーの中に戻った。

自転車に乗った四十一、二歳の女性が前方から現われたのは、午後三時半過ぎだった。

「ひょっとしたら、彼女は須田哲也の妻なんじゃないかな」

助手席で、磯村が呟《つぶや》いた。

成瀬は、近づいてくる自転車に目を向けた。磯村の勘は正しかったようだ。自転車は須田宅に横づけされた。

「当《ビ》た《ン》り《ゴ》だな」

磯村が嬉《うれ》しそうに言った。成瀬は磯村の勘の冴《さ》えを誉《ほ》め、先に車を降りた。磯村も助手席から腰を浮かせた。

成瀬は、門扉《もんぴ》の前で自転車のスタンドを立てた中年女性に声をかけた。

「失礼ですが、須田哲也さんの奥さまではありませんか？」

「ええ、妻です。あなた方は？」

「『帝都リサーチ』という調査会社の者です。実はある企業から、義弟の須田満夫さんの信用調査を依頼されましてね」

「そうなんですか。満夫さん、いいえ、義弟は新規の取引先に恵まれたのね。よかったわ。このご時世だから、ダイヤもエメラルドも安く買い叩かれて、原価割れしてるとぼやいてたの」

「そうですか。義弟《おとうと》さん、違法カジノにだいぶ借金があるという噂《うわさ》を耳にしたんですが、それは事実なんですかね？」

「二十代のころから賭《か》け事が好きだったことは確かですけど、借金のことは知りません」

「ご主人と義弟さんの仲はどうなんです？」

「兄弟の仲は、あまりよくありませんね。夫は堅実型ですから、義弟のような山っ気《やまけ》のあるタイプは好きじゃないんですよ。ですので、年に一、二度顔を合わせても、ろくに話もしないんです。もっぱら義弟は、わたしに喋《しゃべ》りかけてくるだけで……」

「そんな感じだと、ご主人は弟さんの交友関係についてもほとんどご存じないのかな？」

「多分、知らないと思います。それに義弟には、友人らしい友人はいないんじゃないのかしら？　ちょっと暗いところがあるから、彼は」

「そうですか。ご主人は、いつも何時ごろに帰宅されてるんです？」

「帰宅時間はその日によって、まちまちですね。今夜は取引先の接待があるとかで、帰りは遅くなると言っていました」

「そういうことなら、また日を改めて、ご主人にお目にかからせてもらいます」

「二度手間をかけさせて、ごめんなさい」

須田の兄嫁が軽く頭を下げた。

成瀬たちはプリウスに乗り込んだ。

「期待外れだったな」

磯村が肩を落とした。

「兄嫁はああ言ってたが、須田の兄貴は弟の友人のことぐらいは知ってるはずですよ。いま現在の交友関係は知らなくても、弟の旧友のひとりや二人は憶《おぼ》えてると思うな」

「ああ、そのぐらいはね。それじゃ、明日にでも、須田哲也の勤務先を訪ねてみるか」

「そうしましょう。きょうは、これで調査は打ち切りにしましょうよ」

成瀬はレンタカーを走らせはじめた。

磯村のマンションに着いたのは四時半過ぎだった。二人は車を降りた。

ちょうどそのとき、成瀬のスマートフォンが鳴った。スマートフォンを耳に当てると、響子の声が流れてきた。

「わたしたち、ちゃんと決着をつけるべきだわ。ね、これから、わたしの部屋に来てくれない？」

「わかった」

「どのくらいで、こっちに来られる？」

「五時前後には行けると思うよ」

「それじゃ、待ってるわ」

「ああ」

成瀬は素っ気なく応じ、電話を切った。そのすぐ後、磯村が口を開いた。

「パートナーからの電話だったようだね」

「ええ。きちんと話をつけたいから、これから松原のマンションに来てくれって言ってきたんですよ」

「で、行くことにしたわけだ？」

「ええ。磯さん、このレンタカー使わせてもらいますね」

成瀬はそう断って、プリウスの運転席に坐った。磯村が片手を挙げ、エントランスロビーに入っていった。

成瀬は車を発進させた。羽根木の住宅街を抜け、響子のマンションをめざした。二十分そこそこで、目的地に着いた。

グローブボックスの中には、『ラッキー』の久我から奪ったデトニクスが入っている。必要はなかったが、成瀬はポケットピストルを携行する気になった。もし車上荒らしに狙われたら、面倒なことになるだろう。そう考えたのだ。

デトニクスを腰のベルトの下に差し込み、響子の部屋に急ぐ。部屋の合鍵《あいかぎ》を持っていたが、成瀬は一応、インターフォンを鳴らした。

応答はなかった。響子はトイレにでも入っているらしい。

成瀬はスペアキーを使って、ドア・ロックを解除した。

玄関口で靴を脱いでいると、寝室から淫《みだ》らな喘《あえ》ぎ声が洩《も》れてきた。響子の声だ。男の囁《ささや》き声も聞こえる。

成瀬は寝室に走った。

一瞬、わが目を疑った。ベッドの上で、全裸の響子が騎乗位をとっていた。下にいるのは二十四、五歳の美青年だった。

二人の体は深く繋《つな》がっていた。

「響子、なんの真似《まね》だっ」

「あら、早かったのね。わたしの下にいるのは、先月雇ったインストラクターの桐生洋《きりゅうよう》一君《いち》よ。彼、一流のジャズダンサーになりたがってるの。だから、わたし、バックアップしてあげようと思ってるのよ」

響子が腰を弾ませながら、そう言った。

成瀬はベッドの際《きわ》まで歩み寄り、バックハンドで響子の横っ面《つら》を殴った。響子が桐生の体から転げ落ち、フラットシーツに倒れた。

「乱暴はやめろ！」

桐生が上体を起こした。成瀬は無言で相手の眉間《みけん》に正拳《せいけん》をぶち込んだ。桐生が仰向けに引っくり返る。

成瀬はベルトの下からデトニクスを引き抜き、銃口を桐生の左胸に押し当てた。

桐生が両目を大きく見開いた。眼球が醜く盛り上がっている。唇も震えていた。

「響子とは、いつからなんだ？」

「きょうが初めてです」

「ふざけるなっ」

成瀬は引き金に人差し指を絡《から》めた。

「嘘じゃありません。ぼく、響子先生に頼まれて、セックスしたんですよ。先生は、あなたと早く別れたいんだって」

「そういうことだったのか。おれが本格的にキレる前に消えるんだな」

「わ、わかりました」

桐生が震えながら、弱々しく言った。

成瀬は少し退《さ》がった。桐生が股間《こかん》を手で隠し、ベッドから離れた。ペニスは萎《な》えていた。

桐生は居間で身繕《みづくろ》いすると、あたふたと部屋を出ていった。

「その拳銃、どうしたの⁉」

「汚いことをしやがって」

「あなたがここに居坐りそうだったから、桐生君に協力してもらったのよ」

響子はそう言い、サイドテーブルの引き出しから銀行名の入った白い封筒を掴《つか》み出した。

「何なんだ、それは？」

「五十万入ってるわ」

「手切れ金ってわけか？」

「そう受け取ってもらってもいいわ。わたし、もう終わりにしたいの」

「そうかい」

成瀬は札束の入った白い封筒を引ったくり、響子に叩きつけた。

「なんのつもりなの⁉」

「おれはヒモじゃない。手切れ金なんかなくても、きれいに別れてやるよ」

「ほんとに？」

「世話になったな。おれの持ち物は全部、処分してくれ」

成瀬は言って、大股で寝室を出た。

2

ロビーは広かった。

新橋駅近くにある『向洋食品』の本社ビルだ。床は大理石だった。受付は右手にあった。

成瀬は磯村とともに受付に足を向けた。

響子と訣別《けつべつ》した翌日の午後二時過ぎだ。受付嬢が成瀬たちに会釈《えしゃく》した。

成瀬は目礼し、受付カウンターの前に立った。

「『帝都リサーチ』という調査会社の者ですが、須田哲也氏にお目にかかりたいんです。

わたし、中村といいます」

「面会のお約束は？」

「アポは取っていません。須田氏に弟さんのことで少しうかがいたいことがあるんですよ。その旨《むね》をお伝え願えますか」

「承知しました。少々、お待ちになってください」

細面《ほそおもて》の二十二、三歳の受付嬢がクリーム色の社内電話機に手を伸ばした。

成瀬たちは、少し受付カウンターから離れた。数十秒で受付嬢が受話器を置いた。

「須田はすぐに参りますので、応接ソファにお掛けになってお待ちください」

「ありがとう」

成瀬は受付嬢に笑顔を返し、ロビーの反対側まで歩いた。少し後ろから、磯村が従《つ》いてくる。

ソファセットは五組あった。低い衝立《ついたて》で仕切られている。人の姿はなかった。

成瀬たちは最も手前のソファセットに歩み寄り、並んで腰かけた。磯村が奥だった。

二人とも、きちんとネクタイを結んでいた。上着の内ポケットには、近くのスピード印刷店で作らせた偽名刺が入っている。社名はもちろん、会社の所在地や電話番号も出たらめだった。

「さすが大手食品会社だな。正面の壁に飾られたシャガールの絵は、まさか複製画じゃないだろう」

磯村がそう言いながら、ロビーを無遠慮に眺め回した。

「あのシャガールの絵、億以上はしたんだろうな」

「数十億円で買ったのかもしれないね、バブル時代に。そうじゃないとしたら、銀行が担保として押さえてた絵画を安く手放したときに買ったんだろう」

「おれは、後者だと思います。確かに『向洋食品』は業界では大手ですが、巨大商社なんかとは違いますからね」

「言われてみれば、その通りだな。成《なる》やんの勘は正しそうだ」

「どっちでもいいですけどね。おれたちには関係のない話だから」

成瀬は微苦笑した。

そのとき、エレベーターホールの方から四十代半《なか》ばの男がやってきた。面差《おもざ》しが須田に似ている。ただ、眉はそれほど薄くなかった。

成瀬と磯村は腰を浮かせた。

「お待たせしました。須田哲也です」

男が名乗って、紺系の上着の内ポケットから黒革の名刺入れを抓《つま》み出した。成瀬と磯村は須田の実兄の名刺を受け取り、自分たちも偽名刺を手渡す。

「どうぞお掛けになってください」

須田哲也が言った。

三人はソファに腰かけた。須田哲也は成瀬の前に坐った。

「きのう、ご自宅に伺《うかが》ったんですが……」

成瀬は切り出した。

「妻から聞きました。弟の満夫に新規の取引先ができたそうだとか？」

「ええ。調査を依頼してきた会社の名を明かすことはできませんが、貴金属店では老舗《しにせ》も老舗です。弟さんがその会社と取引できるようになれば、ブローカーとしてランクアップすることは間違いないでしょう」

「ありがたいお話ですが、調査報告書には弟の私生活に乱れがあると書いていただけないでしょうか？　お願いします」

「ご兄弟の仲は、だいぶ悪いようだな」

「そういうことだけではないんです。満夫は、弟は人間として問題がありますので」

「どういうことなんでしょう？」

「身内の恥は晒《さら》したくないのですが、弟は大学を中退してから、ずっとイージーな生き方をしてきました。地道に生きるのはばかばかしいと、手っ取り早く金を儲《もう》けることばかり考えてたんです。もう調査済みかもしれませんが、弟には詐欺と恐喝の前科があります」

「それは、まだ知りませんでした。詐欺を働いたのは、いつだったんです？」

「三十一、二のころでした。弟はテレビ局のディレクターを騙《かた》って、タレント志望の女の子たちから金を騙《だま》し取った上に体を弄《もてあそ》んだんです。最低な奴だ。恥ずかしい話です」

須田哲也がうなだれた。

「弟さんは実刑判決を受けたんですか？」

「ええ。初犯ながら、犯行が悪質だということで執行猶予《ゆうよ》は付きませんでした。それで、一年七カ月の実刑を……」

「出所後は、どのような生活をしてたんでしょう？」

「両親やわたしに強く説教されたんで、最初の一年間は衣料メーカーの倉庫で真面目《まじめ》に働いてたんですよ。しかし、そのうち競馬やオートレースにのめり込んで、同僚たちから金を借りまくって、結局、会社にはいられなくなってしまいました」

「その後、弟さんはどんなふうに？」

磯村が話に割り込んだ。

「職を転々としながら、ギャンブルにうつつを抜かす毎日でした。やがてキャバクラ嬢と組んで、美人局《つつもたせ》のようなことをやって暮らすようになりました。それで、七年前についに恐喝罪で逮捕され、また府中刑務所に入れられてしまったんです。服役中に父と母は相次《あいつ》いで他界しました。弟は出所後、御徒町《おかちまち》の宝石店に就職して、三年前にブローカーとして独立したんです」

「弟さんの商売は、どうだったんでしょう？」

「順調だったとは思えません。その割に弟はギャンブルに派手に金を注《つ》ぎ込んでました。それから詳しいことはわかりませんが、暴力団が仕切ってる違法カジノや賭場《とば》にも出入りしてるみたいですね。おそらく弟は何か悪いことをやって、ギャンブル資金を都合つけてたんでしょう」

「どんな悪事が考えられます？」

「恐喝の類《たぐい》でしょうね。もう一年ほど前のことですが、満夫はロールスロイス・ファントムに乗って、わたしの自宅に遊びに来たことがあるんです。そのとき、弟は東京競馬場で知り合った経営コンサルタントの車だと言ってました」

「その経営コンサルタントの名前は？」

成瀬は問いかけた。

「確か畠山茂《はたけやましげる》という名でした。わたし、弟が妻と話し込んでる隙《すき》にロールスロイスの車検証をこっそり見たんです。ひょっとしたら、弟がどこかでロールスロイスを盗んできたのではないかと思ったものですから」

「それで、弟さんにその畠山という男のことを訊いてみたんですか？」

「はい。弟の話ですと、畠山という男は赤坂五丁目に事務所を構え、一流企業数十社の顧問経営アドバイザーをやってて、羽振りがいいんだとか……」

「そうですか」

「弟はそんなふうに言っていましたが、わたしは畠山はブラックジャーナリストか企業恐喝屋だろうと直感しました。まともな経営コンサルタントが弟みたいな人間とつき合うわけありませんよ」

「なるほど。弟さんは畠山という男にかわいがられているんでしょうね、超高級外車を貸してもらえるんですから」

「そうなんだと思います。よくゴルフに連れてってもらってると言っていました。畠山はわたしと同い年だそうですから、弟は兄のように慕《した》ってるのかもしれません。満夫は甘え上手なんですよ」

「そうなんでしょうね」

「弟はいい加減な奴ですので、信用調査を依頼された先方さんに迷惑をかけることになると思います。遠慮なく調査報告書には弟は信用できない人物だとはっきりとレポートしてください。満夫の尻拭《しりぬぐ》いは、もうたくさんです。妻は弟にも長所があると言っていますが、あいつは真人間ではありません。できることなら、兄弟の縁を切りたい気持ちです。たったひとりの弟ですので、そこまではできませんけどね」

須田哲也が哀《かな》しげに笑った。

「畠山のほかに弟さんと親しくされている方は？」

「友人はいないでしょう、弟には。詐欺で逮捕されたとたん、数少なかった学生時代の旧友が遠ざかってしまいましたんで。自業自得ですよ」

「そうなんでしょうが……」

「もういいんです、満夫のことは。これ以上甘やかしたら、もっと駄目な人間になっちゃいますんでね」

「わかりました。依頼人には、あなたから聞いた話を伝えることにしましょう。わざわざ時間を割《さ》いてくださって、ありがとうございました」

成瀬は磯村を目顔《めがお》で促《うなが》し、先に立ち上がった。受付の前で須田哲也と別れ、二人は『向洋食品』の本社ビルを出た。

正午過ぎに借り替えた黒いスカイラインは裏通りに駐《と》めてある。

「成《なる》やん、畠山茂って奴のオフィスに行ってみよう。畠山と須田の間に何かトラブルがあったのかもしれない。で、畠山はスポーツキャップの男に須田を拉致させ、どこかに監禁してるんじゃないだろうか」

「そういう推測も成り立ちそうですね」

二人は裏通りに急いだ。

成瀬はレンタカーの運転席に乗り込んだ。磯村が助手席に坐り、シートベルトを掛けた。成瀬はスカイラインを赤坂に向けた。

ステアリングを捌《さば》きながら、考えはじめる。

畠山なる人物は須田から麻実の盗撮動画のことを聞き、父親の矢吹喬から二億円を脅し取る気になったのではないだろうか。そして、須田に春木が淫らな動画の撮影者だという事実を突き止めさせ、誰か第三者に矢吹家に脅迫電話をかけさせたのかもしれない。

その後、畠山と須田は取り分を巡って対立したとも考えられる。畠山は二億円を独り占めする気になって、スポーツキャップの男に須田を拉致させた。そうだとしたら、畠山は須田を抹殺《まっさつ》する気でいるのではないか。

まだ確たる裏付けはないが、そう推測すれば、須田の拉致は一応、説明がつく。しかし、結論を急ぐことは賢明ではないだろう。

須田の自宅には、やくざ風の男たちが借金の取り立てに現われたという証言もある。敵は多そうだ。

「ラジオ、点《つ》けるよ」

磯村が右腕を伸ばし、カーラジオの電源を入れた。

歌謡曲が流れてきた。磯村が選局ボタンを幾度か押すと、男性アナウンサーがニュースを報じていた。国会関係のニュースが終わると、アナウンサーは少し間《ま》を取った。成瀬はぼんやりと耳を傾けた。

「きょう正午過ぎ、相模湖畔《さがみこはん》の林の中で男性の絞殺体が発見されました。警察の調べで、殺害されたのは東京・杉並区高円寺北二丁目の宝石販売業、須田満夫さん、四十二歳とわかりました。そのほか詳しいことはわかっていません。次は火事のニュースです」

アナウンサーが、また言葉を切った。

磯村がカーラジオの電源をオフにし、早口で確かめた。

「いまのニュース、聴いたよな？」

「ええ。須田は例のスポーツキャップの男に殺《や》られたんですかね？」

「そうなのかもしれない。そうだとしても、そいつは単なる実行犯だろう。須田を始末しろと命じたのは、畠山という奴なんじゃないかな」

「その疑いはありますが、まだ何とも言えませんね。とにかく、畠山のオフィスを見つけ出そう」

成瀬は車の速度を上げた。

やがて、赤坂五丁目に着いた。成瀬は低速でレンタカーを走らせながら、テナントビルの入居者プレートを一つずつ目で確かめていった。

畠山の事務所を探し当てたのは四時数分前だった。

チョコレート色の雑居ビルの七階にあった。一ツ木《ひとつぎ》公園から百メートルほど離れた場所だ。成瀬たちはチョコレート色の雑居ビルの斜め前にスカイラインを路上駐車し、エレベーターで七階に上がった。

畠山の事務所は、エレベーターホールのそばにあった。『畠山経営コンサルティング・コーポレーション』というプレートがドアに貼《は》られている。

「部屋を間違えた振りをして、畠山のオフィスを覗いてみます」

成瀬は磯村に耳打ちし、目的の事務所に近づいた。

ドアを開けると、パターの練習をしている四十代半《なか》ばの男と目が合った。顔は下脹《しもぶく》れで、ずんぐりとした体型だ。アンバランスだが、目は鷲《わし》のように鋭い。

「『SK印刷』の中村です。ご注文、ありがとうございます」

成瀬は愛想よく言った。

「印刷屋だって？」

「はい。こちらの畠山さんとおっしゃる方から電話で名刺の印刷を頼みたいと……」

「わたしは畠山という名だが、名刺を頼んだ憶《おぼ》えはない」

「失礼ですが、下のお名前は？」

「茂だよ」

「あれっ、同姓だけど、下の名が違ってるな。こちら、畠山企画さんですよね？」

「違うよ。プレートをよく見なかったようだな」

「申し訳ありません。名刺をご注文されたのは、別の畠山さんでした」

「しっかりしてくれよ」

畠山が呆《あき》れ顔で言い、ゴルフクラブを握り直した。事務所には、ほかに誰もいなかった。事務机は四卓あった。

「どうもお騒がせして、すみませんでした」

成瀬は頭を掻《か》きながら、『畠山経営コンサルティング・コーポレーション』を出た。

不安顔で立っていた磯村が足早に近寄ってきた。

「どうだった？」

「畠山の面《つら》を拝んできました。ずんぐりむっくり体型の奴だったな。パターの練習をしてました」

「社員は？」

「誰もいませんでした」

「それじゃ、二人で畠山を締め上げるか」

「磯さん、少し車の中で張り込んで、畠山の動きを見てみましょうよ」

「そのほうがよさそうだな。畠山の素顔が企業恐喝屋なら、素直に口を割ったりしないだろうからね」

「ええ。とにかく、畠山の動きをしばらく探《さぐ》ってみましょう」

二人はエレベーターで一階に降り、雑居ビルを出た。

レンタカーの中に戻り、張り込みはじめた。それから間《ま》もなく、成瀬のスマートフォンが着信音を刻みはじめた。

スマートフォンを耳に当てると、スーツタレントの辻の声が響いてきた。

「少し前に羽鳥監督に呼び出されて、成瀬さんが降りた大怪獣の着ぐるみ《スーツ》を着ないかって言われたんですよ」

「当然、二つ返事で引き受けたんだろう？」

「少し考えさせてほしいと即答は避けました」

「おまえ、なに考えてるんだ⁉　飛躍のチャンスじゃないか」

「そうですけど、おれが引き受けたら、成瀬さんが復帰できなくなるでしょ？　それに、おれは最終的には舞台俳優になりたいんで、着ぐるみ仕事の大役を狙《ねら》っても……」

「辻、もっと貪欲《どんよく》になれよ。そんなふうじゃ、舞台俳優として大成できねえぞ。怪獣映画にどんどん出て、ギャラを稼ぎまくれ。それで金銭的な余裕ができたら、思い切って舞台俳優に転じるんだ」

　成瀬はけしかけた。

「そういうのは理想的ですけど、誰かを踏み台にするような真似はできません」

「辻、おれのことは心配するな。もうスーツタレントに戻る気はないし、響子とも別れたんだ」

「ほんとですか⁉」

「ああ。早い話、おれは響子に愛想尽かされちまったんだよ。いまは飲み友達のマンションに居候させてもらってるんだ」

「そうだったんですか。十万ぐらいなら、貸してあげられそうですが……」

「大丈夫、大丈夫！　そう遠くないうちに、大金が懐に転がり込んでくることになってるんだ」

「なんか危《ヤバ》い商売に手を染めたんじゃないんですか。そうなんでしょ？」

辻が恐る恐る訊いた。

「真っ当な商売《ビジネス》だよ。一種の人助けビジネスだな、詳しいことは言えないが。おれは、ちゃんと図太く生き抜く。だから、辻も妙な遠慮なんかしないで、逞《たくま》しく生きろや」

「は、はい」

「とりあえず、おれが降りた役を引き受けろ。な、辻？」

「そこまで言ってくれるんだったら、きょう中に監督に電話します」

「ああ、そうしろ。まとまった金が入ったら、おまえに何かうまいもんを喰《く》わせてやろう。それじゃ、またな！」

成瀬はことさら快活に言って、通話終了ボタンを押した。

「仕事仲間からの電話だったみたいだね」

磯村が言った。

「もう昔の仕事仲間です。おれは、これまでの暮らしにおさらばしたんですから」

「そうだったな。こっちも、生まれ変わろうとしてるんだったね」

「磯さん、他人事みたいに言わないでくださいよ」

成瀬は笑って、チョコレート色の雑居ビルに目を向けた。

雑居ビルの前に黒塗りのロールスロイス・ファントムが横づけされたのは、きっかり午後八時だった。少し経《た》つと、畠山が姿を見せた。初老の運転手が慌《あわ》てて車を降り、後部座席のドアを恭《うやうや》しく開けた。

畠山が軽く片手を挙げ、リア・シートに乗り込んだ。お抱え運転手と思われる男が運転席に戻り、穏《おだ》やかにロールスロイスを発進させた。

成瀬は少し間を置いてから、スカイラインを走らせはじめた。ロールスロイスは乃木《のぎ》坂《ざか》方向に進み、外苑東《がいえんひがし》通りに出た。

成瀬は一定の車間距離を保《たも》ちながら、ロールスロイスを追尾《ついび》しつづけた。畠山を乗せた車は六本木通りをたどり、広尾の邸宅街に入った。

誰かの邸《やしき》を訪ねるのか。それとも、このあたりに畠山の自宅があるのだろうか。

やがて、ロールスロイスは豪邸のガレージに納められた。畠山は車を降りると、広いポーチに向かった。

成瀬はフロントガラス越しに表札を確かめた。畠山と記《しる》されている。マークした男は、オフィスから真っすぐに帰宅したわけだ。

「畠山は、もうどこにも出かけないと思うな。ここで張り込んでみても、おそらく収穫はないでしょう。磯さんのマンションに戻りますか」

「成《なる》やん、春木が例の盗撮動画を五万円で売った店に行ってみないか?」

磯村が言った。

「なぜ、また急に?」

「矢吹麻実は、脅迫者の声は春木かもしれないと言ってた。春木はそれを否定したが、もしかしたら、空とぼけたのかもしれない。それはそれとして、なぜ須田はフェラチオ・シーンを隠し撮りされたのが矢吹麻実だと知ったんだい?」

「そう、それが謎なんですよね。須田は何らかの形で春木と接触して、盗撮動画に映ってるデリヘル嬢が矢吹麻実と知ったとして、どうして畠山と共謀して二億円を脅し取る気になったんだろうか」

「口髭《ひげ》を生やしたAVショップの店主にもう一度会えば、何か大きな手がかりを得られるような気がするんだ」

「そうですね。歌舞伎町に行ってみよう」

成瀬はレンタカーを発進させた。

3

客の姿は見当たらない。

口髭をたくわえた店長はレジに向かったまま、うつらうつらしていた。腕を組んだ状態だった。歌舞伎町のAVショップだ。九時を回ったばかりだった。

成瀬は先に店内に入り、口髭の男の肩を叩いた。店長が驚きの声をあげ、両の瞼《まぶた》を擦《こす》った。

「こないだの探偵さんたちか」

「居眠りなんかしてると、商品をかっぱらわれちゃうよ」

「ほんとだね。気をつけなくちゃ。ところで、きょうは？」

「例の盗撮動画をここに売りにきた男のことなんですが……」

「ああ、春木のことですね」

「おたく、こないだは盗撮動画を売りにきた男の名は知らないと言ってたはずだがな」

成瀬は店長を睨《にら》みつけた。

「つい嘘をついたのは、面倒なことに巻き込まれたくなかったからなんですよ」

「盗撮動画を売りにきた日、わざわざ春木が名乗ったとは考えにくいな。おたく、彼の後を尾《つ》けたの？」

「そうじゃないんです。その日、春木はこの店で運転免許証を落としたんですよ。で、彼の名前と現住所なんかを知ったわけです」

「春木の免許証は？」

「店を出て十分ぐらい経《た》ってから、春木が運転免許証をどこかに落としたと言って、ここに戻ってきたんです。そのとき、ちゃんと彼に返しましたよ」

「そう。おたく、春木のことを須田満夫に話したでしょ？」

「えーと、どうだったかな」

「正直に話してほしいな」

「実は話しました。須田さん、例のデリヘル嬢の盗撮動画の前の持ち主のことをしきりに知りたがってたな。フェラチオしてる娘《こ》は気品のある顔立ちだから、いい家の令嬢かもしれないと言ってね。須田さん、例の盗撮動画を観《み》てから、十万円で買いたいと言ったんです」

「須田が殺されたことは、もう知ってるでしょ？」

「えっ、須田さん、殺されたんですか⁉」

「きょうの正午過ぎに相模湖畔の林の中で絞殺体となって……」

「信じられないな、須田さんがもうこの世にいないだなんて。きのうは徹夜麻雀《マージャン》をして昼前に寝たんで、ネットニュースも観《み》てないんですよ」

「そう」

「須田さんは、こっち関係の人間に殺《や》られたんですかね？」

店長が人差し指で、自分の頰《ほお》を斜めに撫《な》でた。

「犯人については、まだ何も報じられてなかったな」

「そうですか。須田さん、組関係の違法カジノで遊んでたりしたから、若死にすることになったんだと思うな」

「そうなんだろうか。それはそうと、おたく、須田に春木の名前と自宅の住所を教えたんだね？」

「ええ、しつこく教えてくれと言われたもんだから。でも、住所はうろ覚えだったんです。春木の運転免許証をじっくり見たわけじゃありませんので」

店長が口を結んだ。

「これで、例の謎が解けたな」

磯村が成瀬に小声で言った。成瀬は無言で大きくうなずいた。

ほどなく二人はAVショップを出た。

レンタカーは区役所通りに駐《と》めてある。成瀬たちはそこまで歩き、スカイラインに乗り込んだ。

成瀬は運転席に坐り、エンジンを始動させた。

ちょうどそのとき、懐でスマートフォンが振動した。マナーモードにしてあったのだ。電話をかけてきたのは矢吹麻実だった。

「また例の録音音声を聴き返してみたんですけど、やっぱり春木敏幸の声だと思うんです」

「その疑いが濃くなってきたんだ。春木は問題の動画を歌舞伎町のビデオショップに五万円で売ったんだが、それを盗撮動画のコレクターが十万円で買い取ったんだよ」

「そうなんですか」

「そのコレクターは、AVショップの店長に春木のことをしつこく訊いてたらしいんだ」

「なぜなのかしら？」

「盗撮動画に映ってるきみの顔を観《み》て、どこかの令嬢かもしれないという意味のことを店長に洩らしたというんだ。おそらくそいつは盗み撮りした春木を脅して、きみの家に

し込んだ。磯村が先に車を降りた。二人は一〇五号室に向かった。

窓は明るい。春木は司法試験の勉強をしているのか。

「ドア・スコープに映らない位置に立っててくれませんか」

成瀬は磯村に言って、一〇五号室のインターフォンを長く鳴らした。

ややあって、室内で人の動く気配がした。成瀬はドアの横にへばりついた。早くも磯村は反対側の外壁に背を密着させている。

「どなたですか？」

ドア越しに春木が問いかけてきた。成瀬は作り声で、水道屋だと告げた。

「水道屋さん⁉　うち、水漏《みずも》れなんかしてませんけど」

「二階の真上の部屋の方がトイレのパイプをペーパーで詰まらせてしまって、床が水浸しになってしまったんですよ」

「えっ、それじゃ、ぼくの部屋の天井に汚水が⁉」

「ええ、多分ね。こちらのお宅に水が漏れてるかどうか、ちょっと検《しら》べさせてもらいたいんです」

「わかりました。いま、ドアを開けます」

春木の焦《あせ》った声が響き、内錠が外された。

成瀬はベルトの下からデトニクスを引き抜き、磯村に目配せした。一〇五号室のドアが開けられた。

成瀬は室内に躍《おど》り込み、拳銃の銃口を春木に突きつけた。

春木が短く叫び、玄関マットの上に尻餅《しりもち》をついた。磯村が入室し、後ろ手にドアを閉める。

「矢吹家に脅迫電話をかけたのはおまえだなっ」

「ち、違うよ」

「空とぼける気かい？」

成瀬は言うなり、春木の腹を軽く蹴《け》った。春木が唸《うな》って、前屈《まえかが》みになった。

磯村が先に靴を脱ぎ、春木をベッドのある部屋まで引きずっていった。成瀬も奥の居室に入った。

部屋の空気が腥《なまぐさ》い。

テレビには、白人男女の3Pシーンが映し出されている。アメリカ製の裏DVDだ。

仰向けになった赤毛の男に跨《また》がった金髪の女は、膣《ちつ》と肛門《こうもん》に二本のペニスを受け入れていた。アナル・セックスに励んでいる栗毛の少年は、明らかに十代だ。十五、六歳だろうか。テレビの前には、丸められたティッシュペーパーが幾つか転がっていた。

「裏ＤＶＤを観《み》ながら、マス掻いてたようだな」

磯村が春木に言って、卑猥《ひわい》な映像を消した。

「須田満夫って男を知ってるな？」

成瀬は春木を直視した。

「知らない」

「とぼける気かっ」

「本当に知らないんだ」

春木が答えた。目を合わせようとしない。嘘をついているからだろう。

「冷蔵庫からペットボトルを持ってこようか？」

磯村が春木の顔を見ながら、成瀬に訊いた。

すると、春木が磯村に訝《いぶか》しげな顔を向けた。

「ペットボトルをどうする気なんだ⁉」

「銃声を消すんだよ。銃口に液体の入ったペットボトルを宛《あて》がうだけでも、かなり消音効果がある」

「う、撃つ気なのか⁉」

「そっちがシラを切りつづける気なら、そうなるな」

「…………」

「成《なる》やん、ペットボトル、持ってくるよ」

「撃つ前に、春木の顔を洗ってやろう」

成瀬は磯村に言い、春木をトイレに押し込んだ。春木に便器を両腕で抱え込ませ、デトニクスを磯村に預ける。

「ど、どうする気なんだよ？」

春木が頭を上げようとした。

成瀬は春木の頭を強く押さえ込み、顔面を便器の底に擦りつけた。ほとんど同時に、流水コックを捻《ひね》った。

勢いよく吐き出された水が、もろに春木の顔に当たった。春木は苦しがって、顔を左右に振った。水飛沫《みずしぶき》が散る。

「まるで川から上がった犬だな」

成瀬は口の端をたわめ、ふたたび流水コックを全開にした。

春木はだいぶ水を飲んだらしく、幾度かむせた。成瀬は同じことを十数回、繰り返した。春木は、いまにも泣きそうな声で許しを乞《こ》うた。

成瀬は、春木をキッチンの床に引きずり出した。春木の若草色のTシャツは、ずぶ濡れになっていた。

「須田に脅されて、矢吹家に電話をかけたんだな?」

成瀬は確かめた。

「そうだよ。あいつ、オーラルプレイ中の里奈を盗み撮りしたことを家の者に話すと言ったんだ。うちの両親は厳格なんだよ。おれは両親に盗撮動画のことを知られたくなかったんで、須田の言いなりになってしまったんだ。里奈、いや、麻実の親から金を脅し取る気なんかなかったんです。仕方なく脅迫電話をかけただけで……」

「須田は例の盗撮動画で二億円をせしめる気でいたんだな?」

「そう言ってた。それで、そのうちにまた矢吹家に電話をしてもらうとも言ってたんです。けど、その後は何も言ってこなかった」

「須田が殺されたことは知ってるか?」

「ええ。テレビのニュースで知って、びっくりしました。もちろん、ほっともしたけどね」

「まさかおまえが殺し屋を雇って、須田を始末させたんじゃないよなっ」

「冗談はやめてください。誰かに殺人を依頼するなんてことは、天地神明に誓って……」

「そう怒るな。冗談で訊いたんだ」

「ふざけないでくれ」

「須田の口から畠山茂という名を聞いたことは？」

「聞いたことはないけど、須田がここに来たとき、たまたま畠山という人物から須田のスマホに電話がかかってきた」

「どうして、電話の相手が畠山だとわかったんだ？」

「須田が電話に出て、すぐに『やあ、畠山さん』と言ったんだよ。その畠山という奴は須田とつるんで、矢吹麻実の父親から大金を脅し取る気でいたんじゃないのかな。でも、二人は何かで揉めて仲違《たが》いした。で、須田は畠山に葬《ほうむ》られることになったのかもしれないな」

「そのあたりのことは、おれたちが調べる」

「もう勘弁してくれないか」

春木が哀願した。

成瀬は磯村に目配せし、無言で一〇五号室を出た。二人はレンタカーの中に戻った。

「畠山の家に行ってみましょう」

成瀬はスカイラインを広尾に向けた。

車を発進させて間もなく、磯村が緊迫した声で告げた。

「後ろから従《つ》いてくるエルグランドを運転してる男、黒いスポーツキャップを被《かぶ》ってる。まさか須田を拉致した例の奴じゃないだろうな」

「ちょっと確かめてみましょう」

成瀬はスカイラインを路肩《ろかた》に寄せた。

エルグランドがスカイラインの横に一時停止した。成瀬はエルグランドの車内を覗き込んだ。そのとき、エルグランドのルームランプが灯《とも》された。

なんと運転席にいるのは、先夜、須田を連れ去った男だった。スポーツキャップの男は成瀬を見て、にやりと笑った。

「磯さん、例の奴だ。身を縮めたほうがいいでしょう」

成瀬はベルトの下からデトニクスを引き抜き、手早くスライドを引いた。

てっきりスポーツキャップの男はマカロフPbを取り出すものと思っていたが、予想は外れた。正体不明の不審者はルームランプを消すと、ふたたびエルグランドを走らせはじめた。

罠《わな》の気配を嗅《か》ぎ取ったが、成瀬は怯《ひる》まなかった。デトニクスを磯村に預け、エルグランドを追いはじめた。

「成《なる》やん、スポーツキャップの男はわれわれをどこか人目のない場所に誘い込んで、サイレンサー・ピストルで……」

「おそらく、そうなんでしょう。磯さん、ビビりはじめてるんなら、はっきり言ってください。すぐに車を停めますよ。それで、おれひとりで野郎を追っかけます」

「成《なる》やん、おれはそんな臆病者じゃないよ。ここで尻尾《しっぽ》なんか巻くもんか」

「そうこなくっちゃ」

「スポーツキャップの男を何がなんでも取っ捕まえよう」

磯村が力《りき》んだ声で言った。

成瀬はうなずき、スピードを上げた。エルグランドは一定の速度で走っている。数百メートル先で、スポーツキャップの男が運転席から何かを斜め後方に投げ放った。

成瀬はヘッドライトをハイビームに切り替えた。

路面には、画鋲《がびょう》に似た金属片が散乱していた。画鋲の十倍の大きさはあるだろう。

成瀬は急いでフットブレーキを踏んだ。

しかし、一瞬遅かった。尖《とが》った金属片を踏みつけた前輪の空気が抜けはじめた。

すでにエルグランドの尾灯は闇《やみ》に呑《の》まれかけていた。

「くそっ」

成瀬はステアリングを拳《こぶし》で叩いた。

4

ロールスロイス・ファントムが停まった。

代々木にあるセレモニーホールの駐車場だ。

成瀬は、レンタカーの白いアルファードを駐車場の手前で停止させた。春木を痛めつけた三日後の午前十一時数分前だ。スカイラインの次に借りた車である。成瀬たち二人は早朝から広尾の畠山邸を張り込み、ロールスロイスを追尾《ついび》してきたのだ。

黒い礼服姿の畠山がロールスロイスの後部座席から降り、セレモニーホールの中に入っていった。

「誰かの葬儀に列席するようだな」

助手席で、磯村が言った。

「多分、須田の告別式に出るんでしょう」

「あっ、そうか」

「磯さんは車の中にいてください。おれ、ちょっと様子を見てきます」

成瀬は言って、アルファードを降りた。変装用の黒縁眼鏡《くろぶちめがね》をかけ、セレモニーホールの一階ロビーに足を踏み入れた。

案内板を見る。やはり、須田の告別式が三階で営《いとな》まれていた。

成瀬はエレベーターで三階に上がった。エレベーターホールの斜め前の小ホールで葬儀が執《と》り行われていた。

小ホールの両開きの扉は開け放たれている。

正面の祭壇には須田の遺影が飾られ、その前に柩《ひつぎ》が安置されていた。二人の僧侶《そうりょ》は読経中《どきょうちゅう》だった。遺族席には、故人の実兄一家が並んでいた。ほかに数人の縁者が坐っている。

参列者は疎《まば》らだった。畠山は祭壇に近い席にいた。

受付にいたセレモニーホールの女性従業員が静かに近づいてきた。

「須田家の告別式にご列席されるんですね？」

「いいえ、違います。どうも葬儀会場を間違えてしまったようです。失礼しました」

成瀬は踵《きびす》を返し、エレベーターに乗り込んだ。

一階に降りたとき、尿意を覚えた。成瀬は一階の奥にあるトイレに入った。

用を足している最中に、三十代前半の男が入ってきた。目つきが鋭く、どことなく凶暴そうな顔つきだった。

成瀬は排尿し終えた。

スラックスのファスナーを閉めたとき、首筋に冷たい感触を覚えた。刃物だった。大振りだ。

「おまえ、振り向かない。振り返ったら、青龍刀《せいりゅうとう》で首刎《は》ねるよ」

男が覚束《おぼつか》ない日本語で言った。

成瀬は丸腰だった。デトニクスはレンタカーのグローブボックスの中に入っている。

「日本人じゃないな？」

「わたし、上海《シャンハイ》出身ね」

「中国人に恨まれる覚えはないがな。誰かと間違えられてるようだが、迷惑な話だ」

「わたし、正しい。わたし、おまえに用があるよ」

「どんな？」

「おまえ、須田満夫の自宅を物色した。それで、ある会社の極秘リストを持ち出しただろう？　そうじゃないのか」

「おれは、そんな物は持ち出してない。だいたい極秘リストって、何なんだ？」

「そのこと、おまえ、よく知ってるはず。リスト、どこにある？」

「リストなんか持ち出してないと言っただろうが！」

「おまえ、しぶとい男ね。でも、わたし、諦《あきら》めないよ」

男が言った。

次の瞬間、成瀬は首の後ろに尖鋭《せんえい》な痛みを感じた。注射針を突き立てられたようだ。

成瀬は後ろの男を肘《ひじ》で弾《はじ》こうとした。だが、相手に身を躱《かわ》されてしまった。

「抵抗すると、おまえの首、血塗《まみ》れになるね」

男が青龍刀の刃を頸動脈《けいどうみゃく》に当てた。

「麻酔注射で、おれを眠らせる気だなっ」

「そう、そうね。注射器の中に全身麻酔薬のチオペンタール・ナトリウム入ってる。おまえ、もうじき意識なくなるね」

「おれをどこかで拷問する気なのかっ」

「当たりよ。わたし、他人《ひと》を嬲《なぶ》るの大好き！　後で、おまえをたっぷりいたぶってやる。わたし、いまからワクワクしてるよ」

「そうはさせるかっ」

成瀬は靴の踵《かかと》で、男の向こう臑《ずね》を蹴った。

骨と肉が鈍い音をたてた。男が呻《うめ》いて、少し離れた。注射針が抜けた。

成瀬は体ごと振り向き、前蹴りを放った。

しかし、わずかに届かなかった。男が空になった注射器を足許に落とし、靴の底で踏み潰《つぶ》した。それから、青龍刀を中段に構えた。

刃渡りは五十センチ前後だ。反《そ》りが大きく、刃も厚い。

成瀬は二歩前に踏み出し、すぐ三歩退《さ》がった。

誘いだった。案の定《じょう》、相手が青龍刀を一閃《いっせん》させた。空気が縺《もつ》れる。

刃風《はかぜ》は重かったが、切っ先は成瀬の体から三十センチも離れていた。明らかに威嚇《いかく》の一閃だ。

「おまえ、頭よくない。どんなに暴《あば》れても、それ、無駄よ。そのうち体が痺《しび》れて、手脚《てあし》に力が入らなくなるね」

「その前に、そっちをぶちのめしてやる！」

成瀬は高く跳《と》び、二本の脚《あし》を交互に屈伸《くっしん》させた。

相手の顔面と胸部に連続蹴りを見舞うつもりだったが、あっさり躱されてしまった。

着地したとき、男が青龍刀をほぼ水平に泳がせた。刃風が不気味だ。

成瀬は反射的に身を屈《かが》めた。そのとき、体のバランスが崩れた。成瀬は横に転がった。

「もう観念したほうがいいね」

男がそう言い、嘲笑《ちょうしょう》した。

成瀬は肘《ひじ》を使って、上体を起こした。その直後、急に意識が混濁《こんだく》した。

それから、どれほどの時間が経過したのか。

成瀬は両手首の痛みで、我に返った。両手をロープで縛《しば》られ、滑車で宙に吊《つ》り上げられていた。両足は、コンクリートの床から二十センチほど離れている。

倉庫のような建物の中だ。高い位置にある採光窓から、コバルトブルーの夏空が見える。誰もいなかった。

「ここは上海マフィアどものアジトなのか？」

成瀬は大声を張り上げた。

数十秒後、鉄扉《てっぴ》が開けられた。姿を見せたのは、青龍刀を振り回した男だった。いまは杖《つえ》に似た棒を握っている。よく見ると、六角棒だった。

「おまえ、いい夢見たか？」

「ここはどこなんだっ」

「それ、言えないね」

「おれは、どのくらい昏睡《こんすい》してた？」

「約三時間ね」

「それじゃ、いまは午後二時過ぎか」

「そうね」

「そっちの名前を教えてくれ」

「どうして、おまえ、わたしの名前知りたがる？」

「こんな形で知り合ったが、何か縁があるかもしれないと思ったからさ」

「いいだろう。わたしの名前、唐《タン》ね。そろそろ極秘リストの隠し場所を喋ってくれるか？」

「同じことを何遍《なんべん》も言わせるなよ」

「おまえ、まだ粘《ねば》る気みたいね」

唐《タン》と名乗った男が固い棒で成瀬の腰や太腿《ふともも》を叩きはじめた。

成瀬は自《みずか》ら振り子のように体を揺さぶって、反撃を試《こころ》みた。

しかし、長くは抗《あらが》えなかった。体を動かすたびに、両手首に喰《く》い込んだロープが捩《よじ》れて血管を圧迫するからだ。

唐《タン》は残忍な笑みを漂わせながら、成瀬のほぼ全身を棒で容赦《ようしゃ》なく撲《う》った。成瀬は歯を喰《く》いしばって、打ち身の痛みに耐えた。

「おまえの体、鉄でできてるのか？　わたし、ちょっと腕が疲れてきたよ」

「だったら、もういいだろうが。身に覚えがないことを喋れと言われても、答えようがない」

「あまり欲を出すと、おまえ、須田みたいになるね」

「須田は誰に殺《や》られたんだ？　スポーツキャップを被ってる男が実行犯なんだな。あの男は中国人には見えなかったが……」

「わたし、何も言わない。中国人、誰も不利になるようなことは喋らないよ」

「一つだけ教えてくれ」

「おまえ、なに知りたい？」

「そっちは畠山に雇われたんだろっ」

「雇い主のことは口が裂《さ》けても言わない。それ、マナーね」

「殺された須田は何か企業秘密を摑んで、畠山には内緒でどこかの会社から金を脅し取ろうとしたんじゃないのかっ。それで畠山が怒って、誰かに須田を始末させたんだろうが？」

「おまえの話、よくわからない」

「くそっ、とぼけやがって」

「わたし、ちょっと作戦変えることにしたよ」

唐《タン》がそう言い、鉄扉の向こうに消えた。

今度は、どんな方法で痛めつけられるのか。成瀬は不安に胸を嚙《か》まれたが、見苦しく命乞いをする気はなかった。ピンチとチャンスは常に背中合わせだと言われている。逆襲の機会は得られないとしても、ひとまず脱走するチャンスは訪れるかもしれない。最後の最後まで希望を捨てないことだ。成瀬は、自分にそう言い聞かせた。

それから間もなく、二十四、五歳の女が現われた。白地に黒の水玉の散ったワンピースを着ていた。

細身だが、乳房は豊満だった。腰も張っている。日本人女性とは、どこか顔立ちが違う。切れ長の目は、やや攣《つ》り上がっていた。

女がゆっくりと近づいてきて、訛《なまり》のある日本語で話しかけてきた。

「あなた、かわいそう」

「唐《タン》の情婦《おんな》だな？」

「あなた、勘いいね」

「上海生まれなのか？」

「そう」

「唐《タン》は畠山という日本人に雇われて、おれをここに監禁したんだな？」

成瀬は訊いた。

「そういうこと、わたし、わからない。わたし、彼に言われたことをしに来ただけ」

「何をする気なんだ？」

「いいことね。あなた、いい気持ちになれる」

女は成瀬の前に片膝を落とすと、左腕で彼の両腿をホールドした。

「おい、何を考えてるんだ⁉」

成瀬は体を左右に振った。

だが、女はしがみついたまま離れない。彼女は驚くほど手早く成瀬のチノクロスパンツのファスナーを引き下げ、トランクスから分身を掴み出した。

「おかしなことはやめろ！　おれから離れるんだっ」

成瀬は声を荒《あら》らげた。

女は成瀬の言葉を黙殺し、男根《だんこん》の根元を断続的に握り込んだ。給油ポンプを圧縮するような手つきだった。意思とは裏腹に、成瀬の体は反応してしまった。男の生理が呪《のろ》わしい。

女は下卑《げび》た笑みを浮かべると、昂《たか》まったペニスに赤い唇を被せた。

「やめろ、やめるんだっ」

成瀬は靴の先で、女の太腿を蹴った。しかし、女は舌技を中断させようとはしなかった。

生温かい舌が心地よい。成瀬は巻きつかれ、削《そ》がれ、吸いつけられた。快感が高まった。成瀬は、もはや女の舌技を拒《こば》めなくなってしまった。開き直って、口唇愛撫に身を委《ゆだ》ねる。分身が痛いほど反り返ったとき、唐《タン》が台車を押して接近してきた。手押し台車の上には、発電機に似た物が載っていた。

「おまえ、気持ちよさそうね」

「自分の情婦《おんな》にこんなことさせて、よく平然としてられるなっ」

「あまりいい気持ちしない。でも、わたし、我慢するよ。どうしても極秘リストのこと、おまえに喋ってもらいたいから」

「ばかな野郎だ。おれは極秘リストなんか須田の部屋から持ち出してないって何度も言ってるのに」

「わたし、騙《だま》されない」

「勝手にしろ。台車の上にある機械は発電機だな？」

成瀬は確かめた。

唐《タン》は歪《いびつ》な笑みを浮かべたきりで、何も答えなかった。すぐに奇妙な形をした機械を作動させ、女に中国語で何か命じた。

女が黙って成瀬から離れた。

唐《タン》が大股で歩み寄ってきて、成瀬の分身に紙挟《かみばさ》みに似た金具を嵌《は》めた。それは細いケーブルで機械と直結している。

「おれの体に電流を通す気だなっ」

成瀬は目を剝《む》いた。

唐《タン》がにやついて、手押し台車の横に立った。数秒後、成瀬は全身に痺《しび》れを伴った痛みを覚えた。ペニスには粘りつくような感覚があった。

目も霞《かす》み、気が遠のきそうになった。成瀬は痙攣《けいれん》しながら、獣のように唸った。女が唐《タン》に何か言った。

唐《タン》がうなずき、発電装置のスイッチを切った。成瀬は首を垂《た》れた。全身から力が抜けたような感じだ。股間から薄い煙が立ち昇ってきた。肉の焦《こ》げる臭《にお》いもした。

「おまえのシンボル、ちょっと火傷《やけど》したね。もっと強い電流送ったら、おまえ、気絶する。小便も垂れ流しになるね」

「くそったれめ！」

「その日本語、下品ね。日本語学校の先生、そう言ってた。それより、極秘リストのことね。おまえ、早く言う。言いなさい！」

「知らねえと言っただろうが」

「わたし、あまり気が長くないね」

唐《タン》が言って、発電機のスイッチボタンを押した。

成瀬は、さきほどよりも強い電気を流された。全身がバイブレーターのように震え、熱感と刺されるような痛みにさいなまれた。

悶絶《もんぜつ》しかけたとき、唐《タン》が電源スイッチを切った。

その直後、遠くからパトカーのサイレンが響いてきた。唐《タン》と女が母国語で何か言い交わし、慌《あわ》てて逃げていった。

サイレンの音はだんだん近づいてきた。近くの住民が唐《タン》たちの行動を怪しんで、一一〇番通報してくれたのだろうか。成瀬は、ひとまず胸を撫で下ろした。

少し経つと、サイレンの音が熄《や》んだ。成瀬は腰を捻って、性器を挟んでいる金具を振り落とした。

それから間もなく、鉄扉が荒っぽく開けられた。デトニクスの銃把《じゅうは》を両手で握った磯村が飛び込んできた。

「磯さんがなぜ、ここに⁉」

「セレモニーホールから怪しい男女が寝袋を運び出してたんで、何気なく見てたんだ。

そしたら、寝袋の下から成《なる》やんのローファーが覗いてたんで、不審な男女の車をアルファードで尾《つ》けたんだよ」

「ここは、どこなの？」

「新宿の百人町《ひゃくにんちょう》だよ。倒産した製本会社の倉庫みたいだな。すぐに成《なる》やんを救い出したかったんだが、そのチャンスがなかなかなかなかったんだ」

「さっきパトカーのサイレン音がしたが、磯さんが一一〇番したんだね？」

「こっちは警察になんか通報してない。サイレン音は録音音声なんだ」

「どういうこと？」

成瀬は問いかけた。磯村がデトニクスをベルトの下に突っ込み、上着の左ポケットから小型レコーダーを取り出した。

「職安通りの近くにポリスグッズの店があることを思い出して、パトカーと白バイのサイレン音を録音したマイクロテープを買ってきたんだよ」

「そうだったのか」

「ついでに模造警察手帳も買ってきた。それを使う前に、中国人と思われる男女に逃げられてしまったがね」

「男のほうは唐《タン》という名だったよ。おそらく上海マフィアの一員でしょう。奴は、畠山に雇われたんだろう。唐《タン》は、こっちが須田の部屋から、ある会社の極秘リストを持ち出したと思い込んでるようでした」

「もう少し詳しく話してみてくれないか」

「磯さん、その前におれを何とかしてくださいよ」

「あれっ、シンボル丸出しだったのか⁉」

「唐《タン》にペニスから電流を通されたんです。とりあえず、滑車のロープを緩《ゆる》めてもらいたいな」

　成瀬は頼んだ。

　磯村が急いでフックからロープを外し、静かに成瀬を床に降ろした。それから彼は、手早く両手首の縛《いまし》めを解《と》いた。

　成瀬はスラックスの前を整えてから、改めて磯村に謝意を表した。

「磯さんは命の恩人です。ありがとう」

「そんなことより、さっきの話のつづきを……」

「ああ、そうでしたね。これは、おれの推測なんだが、須田は共犯者の畠山に内緒で企業秘密を強請《ゆすり》の材料にして、ひと稼ぎしようと企《たくら》んでたんだろう」

「畠山がそれに気づいて、須田の裏切りにひどく腹を立てた。そして、自称経営コンサルタントは誰かに須田を始末させた？」

「おれはそういうストーリーを組みたててみたんですが、磯さんはどう思います？」

「考えられそうだね。ついでに勘で言わせてもらうんだが、その会社というのは矢吹氏の『掘り出し市場』なんじゃないのかな。須田たちは例の盗撮動画だけでは二億円は脅し取れないかもしれないと考え、矢吹氏の会社の機密を盗み出したんじゃないだろうか。須田は欲に駆られて、畠山を出し抜こうとした。そう考えれば、話は繋《つな》がりそうだな」

「そうですね。そのあたりのことを矢吹さんに直《じか》に訊いてみますか」

「ああ、そうしよう」

二人は出入口に向かった。

第四章　闇からの銃弾

1

美人秘書が社長室から出ていった。

四谷にある『掘り出し市場』本社の社長室だ。十二階だった。窓からの眺望が素晴らしい。

「冷たいものをどうぞ！」

矢吹喬社長が言って、コーヒーテーブルの上のグレープジュースを手で示した。

成瀬と磯村は相前後してうなずいた。

「片岡さんは、だいぶお忙しいようですね。世の中が迷走していますから、交渉人《ネゴシエーター》の仕事はますます増えるでしょう。昔から示談屋はいましたが、柄の悪い人間ばかりでした。

その点、片岡さんは刑事をしてらっしゃったわけですから、依頼人としても安心です」

「そうでしょうね。矢吹さんは彼とは、かなり以前からのお知り合いなんですか？」

磯村が訊《き》いた。

「いいえ、わたしは数回お目にかかっただけです」

「そうでしたか。彼に今回のことを依頼される気になられたのは？」

「妻が片岡さんのことを教えてくれたんですよ。彼女の友人が悪質な当たり屋に車をぶつけられたとき、片岡さんが間に入って、うまく事を処理してくれたらしいんです。それで、妻が友人から片岡さんを紹介してもらったわけです」

「そうだったんですか」

「妻から例の盗撮動画の回収に手間取っているという話は聞きました」

矢吹が声のトーンを変えた。成瀬は、これまでの経過を話した。

「あなたを拉致監禁した唐《タン》という中国人は、はっきりと極秘リストと言ったんですね？」

「ええ。何か思い当たります？」

「ちょっとね」

矢吹は曖昧《あいまい》に答え、なぜか黙り込んでしまった。表情から、狼狽《ろうばい》と困惑の色が読み取れた。

「われわれは依頼人の秘密を他言したりしません。矢吹さん、話してもらえませんか？」

「いいでしょう。わたしの会社はネットオークションが主体事業ですが、黒鮪《くろまぐろ》の養殖ビジネスも手がけはじめたんです。新規事業には関係省庁の許可が必要になります」

「そうした許可を早目に得るために族議員に闇献金を渡したり、官僚に金品を贈ったんですね？」

成瀬は先回りして、そう言った。

「鋭い方だな。まさに、その通りです。ご存じでしょうが、政治家個人が献金を受け取ることは法律で禁じられています。政治団体に寄附することは問題ないんで、いわゆるトンネル献金をするケースもあります。しかし、ほとんどの政治家はこっそりと現金を受け取っています。そんなことで、当方は政治資金規正法に触《ふ》れ、贈賄罪《ぞうわいざい》を犯していることになります」

「その程度のことは、多くの企業がやってるでしょ？」

「ま、そうですね。しかし、罪は罪です。われわれベンチャー企業は何かと風当たりが強いんですよ。ちょっとした弱点も命取りになります。そんなことで、そうした出費は経費の水増しなどで表に出ないよう細心の注意を払ってきたのですが、闇《やみ》献金リストが社外に流れてしまったようなんです」

「もう少し詳しく話していただけますか？」

「はい。ちょうど一週間前、わたし宛《あて》に一通の脅迫状が届いたんですよ」

「その脅迫状、お手許《てもと》に？」

「あります。お見せしましょう」

矢吹がソファから立ち上がり、社長席に歩み寄った。両袖机の引き出しから封書を取り出し、すぐに戻ってきた。

「読ませてもらいます」

成瀬は脅迫状を受け取り、文面を目で追いはじめた。

拝啓
ますますご清祥のことと存じ上げます。さて、早速ですが、本題に入らせてもらいます。
このたび、貴社の闇献金リストを入手しました。十二人もの国会議員に総額で二十四億円もの不正献金をなさっている事実に驚かされました。同時に、貴殿に軽蔑《けいべつ》の念を懐《いだ》いてしまいました。
ベンチャービジネスの雄である貴殿が、旧来の経済人と同じ方法で事業拡大を図っていたことに失望もしました。わたしも小さな商《あきな》いをしていますが、ビジネスは単なる金儲《もう》けではなく、男のロマンでもあると考えています。貴殿は、わたしの憧《あこが》れであり、目標でもありました。

そんな夢を無残に砕《くだ》いてしまった貴殿の罪は、大きいと言わざるを得ません。何らかの償《つぐな》いをしていただきたいと考え、貴社の闇献金リストの写しを同封させていただきます。

闇献金リストが東京地検特捜部やマスコミに渡ったら、貴社は倒産の危機に晒《さら》されることになるでしょう。そこまで貴殿を追い込むことは酷にも思えます。

そこで、ご相談ですが、わたしに十億円の事業資金を提供していただけないでしょうか。もちろん快諾《かいだく》していただけたら、闇献金に関することはすべて忘れましょう。

驕《おご》る平家久《へいけひさ》しからず――この言葉を箴言《しんげん》とされ、貴殿が初心に返られることを強く望んでいます。また、色よいご返事をいただけるものと確信しています。近日中にご連絡させてもらいます。

末筆ながら、貴殿のご健康とご活躍をお祈り申し上げます。

敬具
貴殿のシンパより
成瀬は、同封された闇献金リストの写しにも目を通した。

大物政治家の名がずらりと並んでいた。現職大臣も混じっている。その閣僚に渡った闇献金は三億円だった。

脅迫状はパソコンで打たれていた。封筒の消印は東京中央郵便局になっている。

成瀬は脅迫状と闇献金リストの写しをかたわらの磯村に手渡してから、矢吹に顔を向けた。

「その後、脅迫状の差出人から何か連絡は？」

「ありません」

「脅迫状の差出人は、先日殺された須田満夫の可能性もあると思います」

「その男は、春木という司法浪人生に盗撮動画の件でわたしの自宅に脅迫電話をかけさせた奴ですね？」

「ええ、そうです。須田は死んでしまいましたが、まだ安心はできません。須田には、畠山茂という共犯者がいますので」

「ええ、そういうお話でしたね。それから畠山が誰かに須田を始末させた疑いもあるということでした」

「そうです。おそらく畠山は闇献金の証拠を握ったら、矢吹さんに巨額の口止め料を要求する気でいるんでしょう」

「そうなんだろうか」

矢吹は顔を曇らせた。成瀬はゴブレットを摑み、グレープジュースをひと口飲んだ。

ゴブレットを卓上に戻したとき、磯村が矢吹に話しかけた。

「役員の方たちは全員、闇献金や贈賄のことを知ってらっしゃるのかな？」

「いいえ、役員たちは誰も知らないはずです。創業者のわたしが前の経理部長に指示して、闇献金を政治家の事務所や公設秘書の自宅に届けてもらってたんです。関係省庁の幹部職員たちに現金や商品券を手渡したのも、安藤雄二《あんどうゆうじ》という元経理部長でした」

「その方は、なぜ退職されたんです？」

「安藤は汚れ役をやらされたのだから、給料とは別に特別手当をくれと言い出したんですよ。それで、わたしはポケットマネーから安藤に一千万円渡してやりました」

「ずいぶん気前がいいんですね」

「安藤には会社の弱みを知られてますので、口止め料という意味合《いみあい》もあったんですよ」

「なるほど」

「しかし、この先も安藤に無心されつづけたら、こちらも堪《たま》りません。そこで、わたしは探偵社に安藤の私生活を少し調べさせたんです」

「愛人でもいました？」

「ええ。安藤は中目黒の小料理屋の女将《おかみ》といい仲になって、パトロンと手を切らせ、代わりに自分が彼女の面倒を見ているようです。そのことを切札にして、わたしは三カ月ほど前に安藤にリストラ退職してもらいました。もしかしたら、そのことで彼はわたしを恨《うら》んでるのかもしれません」

「その方のほかに、闇献金や贈賄のことを知ってる社員はいませんね？」

「そのはずですが、あるいは安藤が親しい同僚や部下に企業秘密を洩《も》らしたかもしれません。それから、愛人にもね」

矢吹が言って、溜息《ためいき》をついた。成瀬は麻実の父親に問いかけた。

「探偵社の調査報告書は、もう処分されてしまいました？」

「いいえ、まだ取ってあります。探偵社の調査員が撮ってくれた浮気の証拠写真は、わたしにとって、一種の保険ですからね」

「調査報告書と証拠写真を見せてもらえます？　元経理部長の安藤氏と須田に何か接点があるかもしれませんので」

「わかりました。いま、調査報告書をお出しします」

矢吹が立ち上がり、壁際のスチールキャビネットから探偵社名の入った茶封筒を掴《つか》み出した。

成瀬は茶封筒を受け取り、調査報告書を読んだ。

五十一歳の安藤は一男一女の父親で、自宅は横浜市港北区日吉《ひよし》にある。分譲マンション住まいだ。

愛人の女将は三十八歳で、店は東急東横線の中目黒駅の近くにあった。安藤は帰宅途中に中目黒で下車し、小料理屋にたびたび立ち寄っていたらしい。そうこうしているうちに、パトロンのいる女将を横奪《ど》りしたくなったのだろう。

成瀬は磯村に調査報告書を渡し、不倫の証拠写真を見た。安藤は平凡な五十男だったが、愛人の女将は色っぽい美人だった。

二人は、誰もいない店内でキスをしているところを望遠カメラで撮られていた。女将の自宅マンションに二人が入る瞬間も写されている。

磯村が必要なことをメモし、証拠写真を次々に捲《めく》りはじめた。

「色気のある女将ですね。おじさんたちはこういう女に甘えられたりすると、弱いんだよな。危ないと思いつつも、つい自制心を忘れてしまうんだ」

「磯さんの体験談でしょ？」

「うん、まあ」

「おじさんたちも、まだまだ枯れてないんですね」

成瀬は笑った。矢吹も釣られて、口許を緩《ゆる》めた。

ほどなく成瀬たちは辞去した。表に出ると、夕闇が漂っていた。

「日吉の安藤の自宅に行く前に、中目黒にある『辻《つじ》が花《はな》』って小料理屋を覗《のぞ》いてみようや」

磯村が言った。

「そうですね。ひょっとしたら、安藤は愛人の店にいるかもしれないからな」

「店に安藤がいたら、ポリスグッズの店で買った模造警察手帳を使うか」

「刑事になりすまして、安藤に揺さぶりをかけるわけですね？」

「そう。矢吹社長に送られた脅迫状の差出人名が安藤になってたと言えば、何らかのリアクションを見せるだろう」

「空とぼけたら、ちょいと痛めつけてみるか。磯さん、行きましょう」

成瀬は先に歩きだした。借りたアルファードは裏通りに駐《と》めてある。

二人は急ぎ足で裏通りまで歩き、レンタカーに乗り込んだ。運転席に坐ったのは成瀬だった。

二人は中目黒に向かった。

ラッシュアワーとあって、幹線道路は早くも渋滞しはじめていた。成瀬は抜け道を選

びながら、目的地に向かった。

『辻が花』を探し当てたのは午後七時過ぎだった。

店は営業中だったが、まだ客の姿はなかった。二人は軽く一杯飲みながら、店で張り込むことにした。レンタカーを脇道に駐め、『辻が花』に入る。

それほど広い店ではない。左手に素木《しらき》のカウンターがあり、テーブルが二卓据《す》えられている。妖艶《ようえん》な女将は着物姿だった。

成瀬たちはカウンターに並んで腰かけ、ビールを注文した。肴《さかな》は生湯葉《なまゆば》、柳葉魚《ししゃも》の南蛮揚げ、青柳《あおやぎ》のぬた、烏賊《いか》の刺身などを選んだ。

女将の庖丁捌《ほうちょうさば》きは鮮やかだった。盛り付けもきれいだ。小鉢も皿も洒落《しゃれ》ている。

「調理師の免許を持ってるようだね？」

磯村が女将に話しかけた。

「はい、一応。父親が板前だったんですよ。それで、何となくわたしも料理好きになったんです」

「そう。女将さんが毎朝、豊洲市場まで買い出しに行ってるの？」

「いいえ。親類の者が恵比寿《えびす》で炉端焼《ろばたや》きの店をやってるんです。その者にいい魚を選んでもらって、毎日ここに運んでもらってるんですよ」

「そういう身内がいるんなら、心強いだろうな」

「ええ、まあ。お客さんたち、うちは初めてですよね？」

「そうなんだ。粋《いき》な店名に惹《ひ》かれて、ちょっと寄らせてもらったんだが、こんなにきれいな女将さんがいるとは何だか得したような気分だな」

「これをご縁に、どうかごひいきに」

女将が小首を傾げるような仕種《しぐさ》をした。色香が匂い立った。

ビールを二本空けたとき、常連客らしい三人連れが店に入ってきた。揃《そろ》って三十代の後半に見えた。近くの会社に勤めているサラリーマンだろうか。

成瀬たちは冷酒《れいしゅ》を一杯ずつ飲むと、腰を上げた。

「磯さん、すぐに安藤の自宅マンションに行ってみる？　それとも、店の前で二、三十分待ってみます？」

「成《なる》やん、駅の方から歩いてくる白っぽい上着を着た男、安藤じゃないか？」

磯村が声をひそめて言った。

成瀬は視線を延ばした。急ぎ足で歩いてくる五十絡《がら》みの男は、紛《まぎ》れもなく安藤だった。

「おれが声をかけよう」

磯村が小声で言い、安藤に近づいていった。成瀬は大股で磯村を追った。磯村が模造警察手帳を短く呈示し、安藤を道端に導いた。成瀬は二人の脇《わき》にたたずんだ。

「失業中の身ですが、警察に目をつけられるようなことはしてませんよ」

安藤が成瀬と磯村の顔を等分《とうぶん》に見ながら、挑《いど》むような口調で言った。すぐに磯村が鎌《かま》をかけた。

「おたく、矢吹社長のことをかなり恨んでるようだね？」

「誰がそんなことを言ってるんです⁉」

「昔の職場の人間たちが何人も言ってるよ」

「具体的な名前を挙げてください」

安藤が気色《けしき》ばんだ。

「そういうことはできない。それより、どうなんです？　おたくは肩叩《たた》きにあって、早期退職をさせられたんだってね？」

「正直なところ、矢吹社長には少し腹を立ててますよ。わたしは社長命令で、ダーティーな仕事をさんざんやらされましたんで」

「それは、大物政治家十二人に総額で二十四億円の闇献金をしたことや高級官僚に金品を手渡したことを言ってるんだね？」

「刑事さん、誰からその話を聞いたんです？」

「矢吹社長が直接、話してくれたんだ。そうした裏工作のことを知ってるのは、社長と元経理部長のおたくだけだったそうだね？」

「ええ、まあ」

「おたくは汚れ役をやらされたんで、矢吹社長に一千万円の特別手当を要求した。それは間違いないね？」

「………」

「肯定《こうてい》の沈黙だな。矢吹社長はおたくに無心されつづけることを怖れ、探偵社を使う気になった。そして、おたくと『辻が花』の女将との不倫関係を知り、早期退職を迫った。そんな目に遭《あ》ったたんじゃ、矢吹社長に脅迫状を出す気にもなるだろうな」

磯村が誘い水を撒《ま》いた。

成瀬は安藤の顔を直視した。どんな反応を見せるのか。

「脅迫状!?」

「そう。矢吹社長に、闇献金リストの件を恐喝材料にして十億円出せって脅迫状を出した奴がいるんだ。リストのことは矢吹社長とおたくしか知らない。となれば、おたくを疑いたくなるでしょう？」

「わたしは脅迫状なんか出してないっ」

安藤が憤然《ふんぜん》と言った。演技をしているようには見えなかった。

「おたくが嘘《うそ》をついてないとしたら、第三者の仕業《しわざ》だな。おたく、元同僚の誰かに会社の裏工作のことを話したんじゃないの？」

「わたしは誰にも喋《しゃべ》ってないっ」

「誰にも？」

「そう！　妻にも、『辻が花』のママにも話してませんよ」

「おかしいなあ。おたく、須田満夫には話したんだろう？」

磯村が鎌をかけた。安藤が、きょとんとした顔つきになった。

「誰なんです、その男は？」

「須田を知らないわけないでしょ？　須田は、おたくをよく知ってると言ってた」

磯村が際《きわ》どい勝負に出た。

「須田という奴は何か理由《わけ》があって、一面識もないわたしに濡衣《ぬれぎぬ》を着せようとしてるんだろうな。ああ、そうに決まってる」

「本当に須田とは一度も会ったことがない？」

「ええ、ありません。証拠もないのに、わたしを犯人扱いするなんてひどいじゃないかっ。あんた、名刺を出しなさいよ。場合によっては名誉毀損《きそん》で訴えてやる」

「ま、そう興奮なさらないで」

成瀬は安藤をなだめ、目顔で磯村に謝罪を促《うなが》した。

「安藤さん、わたしの言い方に少し問題があったようです。気分を害されたでしょうが、勘弁してください。言い訳に聞こえるでしょうが、少しでも怪しい人間はすべて疑ってみるのが刑事の仕事なんですよ」

「それにしても、不愉快だな」

「謝ります。この通りです」

磯村が頭を深々と下げた。安藤は口の中で何か罵《のの》り、『辻が花』に走り入った。磯村が、ばつ悪げに呟《つぶや》いた。

「勇み足をしてしまったな」

「磯さん、安藤はシロでしょうね。おれは奴の目の動きをずっと見てたんですが、狼狽や疚《やま》しさはまったく感じ取れませんでした。須田にも会ったことはないんだろう」

「そうみたいだったな。しかし、それじゃ、いったい誰が矢吹氏の会社の秘密をどんな方法で摑んだんだい？」

「矢吹さんが自分で闇献金のことを他人に洩らすとは考えられません。もしかしたら、須田の知り合いの誰かが矢吹さんの会社に忍び込んで、偶然、闇献金リストを見つけたんじゃないのかな」

「そうなんだろうか」

「磯さん、もう一度、須田満夫の交友関係を洗い直してみましょうよ」

成瀬は提案した。

磯村が黙ってうなずいた。

2

線香を手向《たむ》ける。

成瀬は須田満夫の遺影を見つめ、両手を合わせた。故人の実兄宅である。

安藤を詰問した翌々日の午後二時過ぎだ。急ごしらえの祭壇の横には、故人の義姉が正坐している。磯村は成瀬の斜め後ろにいた。

成瀬は合掌を解《と》くと、後ろに退《さ》がった。

今度は磯村が遺骨の前に坐った。故人の実兄は自宅にいなかった。きょうから出勤する気になったのか。

磯村が祭壇から離れた。

「こちらで粗茶をどうぞ」

須田哲也の妻が立ち上がって、成瀬たち二人を座卓に導いた。座卓の上には、緑茶と茶菓が載《の》っていた。

「こんなことになるとは思ってもいませんでした」

成瀬は故人の義姉に顔を向けた。

「主人もわたしも、びっくりしました。いまも義弟が死んでしまったなんて、信じられない気持ちです」

「そうでしょうね。ところで、ご主人は出勤されたんですか？」

「いいえ、そうではありません。義弟が借りていたマンションの賃貸契約の解約をしに行ったんですよ。ついでに、遺品の整理もしてくると申していました」

「そうですか」

「義弟は結婚もしないうちに殺されてしまって……」

須田哲也の妻が語尾を湿らせた。

磯村が肘《ひじ》で成瀬の脇腹をつつき、上着の内ポケットから模造警察手帳を抓《つま》み出した。刑事に化けようということだろう。成瀬は目顔で応えた。

「奥さん」

磯村が呼びかけた。故人の兄嫁が涙を拭《ぬぐ》って、顔を上げる。

「はい、何でしょう？」

「実は謝らなければならないことがあるんですよ」

「なんのことでしょう？」

「あなた方ご夫妻に探偵社の者と言いましたが、実はわれわれは刑事なんです」

磯村が澄ました顔で言い、模造警察手帳をちらりと見せた。

「どうして素姓を隠されていたんです？」

「須田満夫の恐喝容疑の証拠固めが不充分だったからですよ。われわれが正体を明かしたら、あなたの義弟に逃げられてしまうかもしれないと考えたわけです」

「満夫さん、いいえ、義弟は誰かを脅迫してたんですか⁉」

「ええ。あるベンチャー企業の社長と娘の両方の弱みを強請《ゆすり》の材料にして、併《あわ》せて十二億円を脅し取ろうとした疑いがあるんです」

「なんてことなんでしょう」

「須田満夫はそのベンチャー企業に誰かを侵入させて、企業秘密を盗み出させたと思われます。その侵入犯に思い当たる人物はいませんか？」

「誰も思い当たりません」

「奥さん、故人の知り合いにコンピューター・エンジニア、警備会社の社員、ビル清掃会社の社員はいません？　つまり、他人に怪しまれることなく、民間会社に堂々と出入りできる仕事に就《つ》いてる者ってことですが」

「そういう人たちはいませんね。ただ……」

故人の義姉が口ごもった。

「ただ、何です？」

「義弟の高校時代の友人にプロの解錠屋さんがいます。その方は家の玄関ドア、金庫、車のドアなんかのロックを特殊な道具を使って、簡単に外してしまうんです。もう一年近く前の話ですけど、わたし、家のドアの鍵《かぎ》を落としてしまって、ロックを外せなくなったことがあるんですよ。合鍵を持ってる子供が帰宅するまで庭で待つことにしたんですけど、そんなとき、たまたま義弟が遊びに来たんです。それで、高校時代の級友だった方を電話で呼んでくれたんです」

「その錠前屋というか、鍵開けのプロはなんて方なんです？」

「えーと、涌井《わくい》さんです。確か名刺をいただいたので、ちょっと探して来ましょうか」

「お願いします」

磯村が言った。須田の兄嫁が立ち上がり、八畳の和室から出ていった。

「須田は涌井とかいう解錠屋に手伝わせて、矢吹喬の会社に忍び込んで、闇献金リストを盗み出したんじゃないのかな？」

成瀬は小声で言った。

「おれも、そう直感したよ。涌井という奴に会ってみよう」

「そうしましょうよ」

「錠前屋の名刺が見つかるといいな」

磯村がそう言い、緑茶を啜《すす》った。

故人の義姉は待つほどもなく部屋に戻ってきた。一枚の名刺を手にしている。彼女は、その名刺を卓上に置いた。

「この方です」

「助かりました」

磯村が名刺に目を当てながら、手帳にボールペンを走らせた。

成瀬は首を伸ばし、名刺を覗き込んだ。解錠屋は涌井広道《ひろみち》という名で、現住所は世田谷区太子堂《たいしどう》二丁目になっていた。

「合鍵屋さんも兼ねてるらしいんですけど、もっぱら店番は奥さんに任せて、涌井さんご自身は解錠の仕事を外でやってるというお話でした」

「そうですか。須田満夫は涌井とは、ちょくちょく会ってるような様子でした？」

「いいえ。数年ぶりに会ったみたいでしたから、それほど親しい間柄ではないんだと思いますよ」

「そう」

「刑事さん、義弟はまだお金を脅し取ったわけではないんでしょ？」

「ええ、恐喝未遂容疑ってことになりますね」

「それでしたら、目をつぶってやってもらえませんか。義弟はもう亡《な》くなってしまったんです」

「個人的には死者を鞭《むち》打つようなことはしたくありません。しかし、須田満夫は自分で人生にピリオドを打ったわけじゃない。誰かに殺害されたんです。その犯人を野放しにしておくわけにはいかないでしょ？　だから、須田満夫の犯罪を徹底的に調べる必要があるんですよ」

磯村が諄々《じゅんじゅん》と説《と》いた。

「そうなんでしょうけどね」

「須田の悪事がマスコミで報じられたら、あなた方ご一家が辛い目に遭《あ》われることは想像がつきます。だからといって、捜査に私情を挟《はさ》むわけにはいきません。そのあたりのことをご理解いただきたいな」

「わかりました。あのう、義弟は共犯者に殺されたのでしょうか？」

「まだお話しできる段階ではありませんが、事件の主犯格と思われる男が須田満夫の殺害に深く関わってることは間違いないでしょう」

「その男は、どこの誰なんです？」

「それを教えるわけにはいかないんですよ」

「ええ、そうでしょうね。とにかく、一日も早く犯人を逮捕してください。そうしてもらわないと、義弟は成仏できないと思うんです」

故人の義姉が、また涙ぐんだ。

それを汐《しお》に、成瀬たちは須田哲也宅を辞去した。きょうは朝から雲行きが怪しい。夕方前に雨が降り出しそうだ。

成瀬たちはレンタカーのアルファードに乗り込み、太子堂に向かった。上池台の住宅街を走り抜けて、環七《かんなな》通りに入る。上馬《かみうま》交差点を右折し、玉川《たまがわ》通りを渋谷方面に走った。

目的の住居付き店舗は、玉川通りから一本横に入った通りに面していた。

成瀬は『涌井ロック・サービス』の前に車を停めた。助手席の磯村が先に車を降りた。

一階が店舗で、二階が住まいになっているようだ。二階の庇《ひさし》の下には、洗濯物がぶら提《さ》がっている。

成瀬たちは店の中に入った。

赤いエプロンをつけた三十七、八歳の女がグラインダーの前に立っていた。髪は引っつめで、化粧っ気もない。

「いらっしゃい」

女が気だるそうに言った。来訪者の顔を見ようともしない。

「客じゃないんだ。あなた、涌井さんの奥さんでしょ?」

成瀬は女に話しかけた。

「ええ、そうです。あなた方は?」

「警察の者です」

「えっ」

涌井の妻が驚きの色を露《あらわ》にした。

磯村が模造警察手帳を見せてから、涌井の妻を直視した。

「警察と聞いただけで、ずいぶん驚いた様子だったね」

「なんか悪い予感がしたんです」

「悪い予感?」

「はい。四日前から行方のわからない夫の死体がどこかで発見されたんじゃないかと思ってしまったんです」

「ご主人の涌井さんが失踪《しっそう》中だって⁉」

「ええ、そうなんです。外回りに出たまま、夫はここに戻ってきてないの。所轄の警察署には、きのうの午後、家出人捜索願を出しました」

「ご主人は、なんだって姿をくらましたんだろうか。何か思い当たります？」

「もしかしたら、夫はわたしたち家族を棄《す》てて、渋谷のキャバクラの女の子と駆け落ちしたのかもしれません」

「ご主人は、その娘《こ》に夢中になってたの？」

「ええ、十カ月ぐらい前からね。お店の売上をちょろまかして、せっせとキャバクラに通ってたんです。数カ月前からは、平気で無断外泊もするようになりました」

「そのキャバクラの名は？」

成瀬は話に割り込んだ。

「宇田川町にある『ヴィーナス』とかいう店です。夫が入れ揚げてる娘《こ》は、亜弥加《あやか》という名前です、本名ではなく、源氏名《げんじな》でしょうけどね」

「さっき奥さんはご主人の死体云々《うんぬん》と言ったが、なぜ、そう思われたんです？」

「亜弥加という娘には、売れないロック・ミュージシャンのヒモがいたんです。彼女は、その男に働いたお金をほとんど毟《むし》り取られてたみたいなの。で、夫は亜弥加とヒモを別れさせたようなんですよ。だから、ヒモに仕返しされたんじゃないかと思ったわけです」

「そういうことだったのか」

「キャバクラの女の子と駆け落ちしたんだとしたら、夫は最低です。相手は、まだ二十一の小娘なんです。夫の居所がわかったら、すぐに署名捺印《なついん》した離婚届を送りつけてやります」

「亜弥加って娘《こ》、もう『ヴィーナス』をやめてるんですか？」

「わたし、お店に電話してみたんです。店長の話だと、亜弥加って娘は盲腸の手術を受けることになったので、十日前後お休みすることになったらしいんです。だけど、その話が事実かどうか怪しいもんだわ」

涌井の妻が歪《ゆが》んだ笑みを浮かべた。

「四十過ぎの男がそんなに若い女と駆け落ちするかな。瑞々《みずみず》しい肉体に魅力を感じてたとしても、そこまで相手にのめり込む奴はいないでしょう？」

「そうかしら？」

「妻子持ちは、もっと分別《ふんべつ》があると思うがな」

「そうでしょうか」

「涌井さんは何か事件に巻き込まれたんじゃないだろうか」

「それと関係があるのかどうかわかりませんけど、一昨日《おととい》の夕方、ここに空き巣が入ったんです」

「その話、詳《くわ》しく話してもらえますか」

「は、はい。一昨日はお店、休みだったんですよ。それでわたし、夫の居所を突きとめようとして、主人の知り合いを訪ね歩いたんです。子供たちは、まだ学校から戻ってませんでした。その隙《すき》に空き巣に入られてしまったんですよ」

「現金や貴金属を盗《と》られたんですね？」

「いいえ、どちらも手はつけられてませんでした。何かを物色した痕跡《こんせき》があっただけでね」

「金品目的の犯行じゃなかったわけか」

成瀬は呟いた。畠山は須田が闇献金リストを旧友の涌井に預けたかもしれないと考え、誰かに家捜しさせたのではないか。

「奥さん、ご主人と高校が一緒だった須田満夫をご存じでしょ？」

磯村が涌井の妻に訊いた。

「須田さんなら、よく知っています。何度か遊びに来たことがありますし、半月ほど前に夫は解錠の依頼もありましたし」

「ご主人、仕事の内容について、何か話されました？」

「須田さんの取引先の宝石問屋の商品保管庫のオートロックが解除できなくなったという話でしたけど、それ以上詳しいことは言いませんでした」

「そうですか」

「一つだけ、夫は気になることを言っていました」

「どんなことです？」

「正規料金の十倍のお金を須田さんから貰《もら》えると言って、夫は上機嫌でした。どうせ冗談だったんでしょうけど、『おまえにケリーのバッグでも買ってやるよ』なんて言ってました」

涌井の妻が言った。

成瀬と磯村は顔を見合わせた。どうやら須田は涌井に高い謝礼を払って、矢吹の会社のドア・ロックを解かせたらしい。そして、彼はセキュリティー・システムを巧《たく》みに除《よ》け、問題の闇献金リストをまんまと盗み出したのだろう。

「そういえば、先日、須田さんが殺されましたね。あっ、もしかしたら、夫の失踪は須田さんの死と何かリンクしてるのかしら？」

「ご主人、須田満夫から何か預かったと言ってませんでした？」

　成瀬は問いかけた。

「そういうことは言ってませんでしたね。ただ、夫は近いうちに須田さんがビジネスで大成功をするかもしれないなんてことは言ってました。そうなったら、須田さんから商売の運転資金を借りて、少し派手な広告を打つかともね」

「そう」

「刑事さん、須田さんは何か悪いことをしてたんじゃありませんか？」

「恐喝未遂の容疑がかかってました」

「ええっ⁉　それじゃ、夫は悪事の片棒を担《かつ》がされたんでしょうか？」

「そうではなく、須田にうまく利用されてしまったんでしょう。その結果、犯罪に加担する形になった可能性はありますがね」

「夫は、あまり他人を疑うことを知らないタイプなんですよ。それはそうと、夫は須田さんの共犯者に連れ去られたんでしょうか？」

　涌井の妻の声は掠《かす》れていた。

「その可能性はあると思います。須田の共犯者は、ご主人が須田から何か預かってると考えたようです」

「その共犯者は、須田さんを誰かに殺させたかもしれないんでしょ？　だったら、そいつは夫も始末させる気でいるんじゃない？」

「警察は、そこまで無能ではありません。ご主人は、そのうち無事に保護されるでしょう。あまり気を揉《も》まないことですね。ご協力、ありがとう」

成瀬は先に店を出た。後から外に現われた磯村が声を発した。

「成《なる》やん、こうなったら、汚い手を使ってでも畠山茂に肉薄しないとな」

「奴をマークしつづければ、何か弱点が透けてくるでしょう」

成瀬は応じて、レンタカーの運転席に坐った。

3

流麗《りゅうれい》な泳ぎ方だった。

重松千佳《しげまつちか》は平泳ぎで水を掻《か》いている。六本木のスポーツクラブのプールである。五十メートルのプールだ。

二十五歳の千佳は、畠山の愛人である。元テレビタレントだけあって、その容貌は人目を惹《ひ》く。彫りの深い顔立ちで、肢体《したい》も美しい。

成瀬はスポーツクラブの喫茶室から、プールを見下ろしていた。黒い円卓の向こう側には磯村がいる。解錠屋の涌井宅を訪ねたのは五日前だ。

その翌日から成瀬たち二人は毎夕、畠山のオフィスのあるチョコレート色の雑居ビルの前に張り込んだ。そして、ついに前夜、畠山に若い愛人がいることを突きとめたのである。

千佳は、品川区上大崎《かみおおさき》の高級マンションに住んでいる。昨夜、畠山は愛人宅に泊まった。

「彼女、元気だな。きのうの夜から明け方までパトロンの畠山に抱かれて、かなり疲れてると思うんだがね」

磯村が言った。

「それだけ若いってことなんでしょう」

「そうなんだろうな。それにしても、若さと美しさは価値があるんだね」

「価値？」

「そう。千佳は高級マンションに住まわせてもらって、ＢＭＷのスポーツカーまで買い与えられ、優雅にスポーツクラブ通いをしてる。月々の手当だって、最低七、八十万円は貰ってるんだろう」

「でしょうね」

「畠山みたいな怪しげなおっさんも経済力さえあれば、若い美人を自由にできる。なんだか面白くないな」

「磯さん、畠山が妬《ねた》ましいんでしょ？」

「そうじゃないよ。こっちは、畠山のような男が大嫌いなんだ。金の力で女を縛《しば》るなんて、恥ずかしいことじゃないか。古女房に飽《あ》きて、若い女に走ること自体は別に問題ないさ。けど、相手に惚《ほ》れてないんだったら、商売女と遊ぶべきだよ。金で素人の女を囲うなんて、男の美学に反する」

「畠山みたいな野郎には、最初《はな》っから男の美学なんかないんだと思うな。色と欲だけなんでしょうよ」

「そうなんだろうな。千佳も千佳だ。まだ若いのに物質的な豊かさだけを追い求めて、つまらない男の愛人になってる。二十五といっても、精神はすでに腐ってるね。贅沢《ぜいたく》な暮らしをしたいからって、好きでもない男のセックスペットになるなんて、最低だよ」

「磯さんの年代の男たちはそう考えるんだろうが、おれは千佳の生き方を非難する気はないな」

成瀬は言った。

「本気でそう思ってるのか？」

「ええ。親が貧しかったり、本人に特別な才能がない場合は現実には容易にビッグにはなれません。若い女が自分の美貌《びぼう》や肉体を武器にして、手っ取り早く銭《ぜに》を稼いでもいいんじゃないのかな。別に他人に迷惑をかけてるわけじゃないからね」

「それはそうだが、そういう方法を選ぶ精神的な卑《いや》しさが赦《ゆる》せないじゃないか。そうやって若いうちにブティックかカフェのオーナーになったところで、虚《むな》しいだけだと思うがな」

「人には、それぞれ器《うつわ》ってものがあります。ブティックやカフェの経営者になることが夢だと考えてたんなら、それで一応、成功者ってことになるんじゃないの？」

「何から何まで自分の手で築《きず》き上げた名声や富でなければ、真の成功とは言えないだろう。成《なる》やん、違うかい？」

「磯さんの考え方は古臭いですよ。というより、精神論に傾き過ぎてるな。現代社会は人間を含めて、もう救いようのないぐらいに腐敗しきってるんです」

「それは、おれも認めるよ」

「偉い連中はきれいごとを言いながらも、平気で法やモラルを破ってる。なんの力も持ってない人間が多少はいい思いをしたいと願ったら、清く正しく美しくなんて生きられないでしょ？　程度の差はあっても、人間は誰も狡猾《こうかつ》で邪悪な側面を持ってます。だから、誰にも他人の生き方をとやかく言えないんじゃないのかな」

「成《なる》やんのニヒリズムは、どこから来たのか」

「さあ、よくわかりません」

「スタントマンとしての夢が潰《つい》えたとき、人生観が大きく変わったんだろうな」

「磯さん、評論家みたいな物言《ものい》いはやめてほしいな。おれ、他人のことをあれこれ分析する奴は嫌いなんですよ。だいぶ前に死んじゃった作家が、エッセイにこんなふうに書いてる。懸命に走ってるマラソンランナーを見て、フォームがどうとか言う奴は卑怯《ひきょう》だし、品格がないってね」

「その作家のエッセイは、おれもよく読んだよ。確かに他人の生き方に優劣をつけることは間違ってる。ただね、おれは重松千佳が算盤《そろばん》ずくで生きてるように思えて、なんだか哀《かな》しくなるんだよ」

「自分も千佳のような生き方は好きじゃないが、そういう女がいてもいいんじゃないのかな。なんでもありの世の中なんだから。妙な精神主義に凝《こ》り固まってたら、人生、愉《たの》しくないでしょ？」

「それは、その通りだが……」

「なんだか変な話になっちゃいましたね」

「おれが悪いんだ。成《なる》やん、ごめん！」

磯村が詫《わ》び、煙草をくわえた。

成瀬は強化ガラス越しにプールを見た。千佳はプールサイドのデッキチェアに腰かけ、濡《ぬ》れた髪を白い指で掻《か》き上げていた。流行の水着が似合っている。

成瀬たちはスポーツクラブの地下駐車場で千佳を拉致《らち》する手筈《てはず》になっていた。

畠山は、若い愛人を大切にしているにちがいない。千佳を人質に取れば、パトロンを誘《おび》き出せるだろう。そう考えたわけだ。

成瀬は腕時計を見た。

午後四時七分過ぎだった。千佳がスポーツクラブに入ったのは、およそ二時間前だ。

畠山の愛人はマッスルマシーンで軽く汗をかくと、三十分ほどスカッシュに励んだ。

そのあと水着に着替え、メニューをスイミングに変えたのである。

「きょうの仕上げは水泳なんだろう。もう間もなく千佳は、シャワールームに行くと思うよ」

磯村がそう言いながら、喫《す》いさしの煙草の火を揉み消した。

ちょうどそのとき、千佳がデッキチェアから立ち上がった。弾みで、乳房が揺れた。千佳はプールに背を向け、シャワールームに向かった。

成瀬たちは腰を浮かせ、喫茶室を出た。一階だった。階段を下《くだ》り、地下駐車場に降りる。

レンタカーは、千佳のスポーツカーの近くに駐《と》めてある。

成瀬と磯村はレンタカーのアルファードの中に入り、それぞれが両手に布手袋《ぬのてぶくろ》を嵌《は》めた。磯村がグローブボックスの中から、ゴリラのゴムマスクを二つ取り出した。

成瀬は片方のゴムマスクを受け取り、車検証の下からデトニクスを摑み出した。拳銃をベルトの下に差し込む。

「成《なる》やん、高圧電流銃《スタンガン》はちゃんと持ってるな？」

磯村が確かめる口調で訊いた。成瀬は黙って麻の白いジャケットの左ポケットを軽く押さえた。

「犯罪ってやつは一度やると、後は何も抵抗を感じなくなるもんだな。須田の部屋から盗んだＤＶＤを売っ払ったときは、ちょっぴり後ろめたかったんだがね」

「そんなふうには見えなかったな」

「平然としてたのさ、ポーズでね。それはとにかく、いまは妙に気持ちが弾んでる。ひょっとしたら、おれの体には犯罪者の血が流れてるのかもしれないな。母方の先祖は野武士だったらしいから、さんざん非道の限りを尽くしたんだろう」

「アメリカには犯罪者の子孫は罪を犯す率が高いという統計があるそうだが、劣悪な家庭環境のせいなんじゃないかな」

「多分、そうなんだろう。それはそれとして、本来、おれは悪党なのかもしれない。千佳を拉致して監禁すると考えただけで、なんだかワクワクしてくるんだ」

「こっちも似たような気持ちですよ」

「そう。なんか自己弁護っぽいが、偽善者よりも悪人のほうが人間臭いと思わないか？」

「ええ、思います」

「波長が合うね、おれたち」

磯村が嬉《うれ》しそうに言って、右手を差し出した。成瀬は磯村と握手を交わした。

それから十数分が流れたころ、エレベーターホールの方から千佳がやってきた。

白いスポーツバッグを提《さ》げている。濃紺のシャツブラウスに、下は砂色のスラックスという軽装だ。

成瀬たちはゴムマスクを被《かぶ》り、そっと車を降りた。身を屈《かが》めながら、パーリーホワイトのＢＭＷのスポーツカーに近づく。

千佳が自分の車の横に立った。スポーツカーの向こう側に中腰で回り込んだ磯村が、背筋を伸ばした。

「こんにちは。お嬢さん、ゴリラと一緒に遊ぼうよ」

「な、何なんです⁉」

千佳が身を竦《すく》ませた。

成瀬は上着のポケットから高圧電流銃《スタンガン》を摑み出し、千佳の背後に迫った。気配で、千佳が振り向きそうになった。

成瀬はスタンガンの電極を千佳のほっそりとした首に押し当て、スイッチボタンを押した。青い火花が散った。強い電流を受けた千佳は短い声をあげ、その場に頽《くずお》れた。

磯村がアルファードの運転席に乗り込み、ゴムマスクを剝《は》ぎ取った。成瀬は千佳の口許を手で塞《ふさ》ぎ、彼女を抱え上げた。

落ちたスポーツバッグをそのままにして、千佳をレンタカーの後部座席に押し込む。

成瀬は千佳の横に乗り込み、ゴムマスクを取った。

「わ、わたしをどうするつもりなの⁉」

千佳が怯《おび》えた顔で言った。成瀬はデトニクスの銃口を千佳の脇腹に突きつけた。

「撃たれたくなかったら、騒がないことだな」

「わたしが何をしたというのよ？」

「きみにはなんの恨《うら》みもない。おれたちは畠山に用があるんだ」

「パパに恨みがあるのね？」

「個人的な恨みはない。きみのパトロンに確かめたいことがあるんだ。気の毒だが、人質になってもらう」

「そ、そんな……」

千佳が弱々しく抗議した。

磯村がレンタカーを発進させた。千佳がわなわなと震えはじめた。

「命令に逆《さか》らわなきゃ、きみを撃ったりしないよ」

「ほんとに？」

「ああ」

「わたしをどこに連れていくの？」

「千駄《せんだ》ヶ谷《や》のウィークリーマンションだ」

「そこに畠山のパパを呼びつけるわけね？」

「そうだ。もう口を閉じてろ」

成瀬は言って、自分も黙り込んだ。

正午前にウィークリーマンションを借りてあった。間取りは1LDKだが、家具付きだった。

二十数分で、目的のウィークリーマンションに到着した。磯村が先にアルファードを降りた。

成瀬は拳銃で千佳を威嚇《いかく》しながら、三階の三〇一号室に連れ込んだ。ウィークリーマンションには常駐の管理人はいなかった。出入口もオートロック・システムにはなっていない。

成瀬は千佳を寝室のベッドに坐らせると、デトニクスの撃鉄《ハンマー》を搔き起こした。

「素っ裸になって、ベッドに横たわってくれ」

「あなたたち、わたしをレイプする気なのねっ」

「早合点するな。きみを穢《けが》すつもりはない」

「それじゃ、なんのために裸になれだなんて言ったの？」

「言われた通りにしないと、きみのきれいな顔は青痣《あおあざ》だらけになるぞ。それでも、いいのかっ」

「なんだって、わたしにひどいことをするわけ？」

「畠山の愛人だからさ。運が悪かったと、諦《あきら》めてくれないか」

「そんなの、身勝手すぎるわ」

「きみが自分で裸にならなきゃ、おれが着ている物を引き裂くことになる。どっちがいい？」

「脱ぐわよ、自分で」

千佳が捨て鉢に言い、シャツブラウスのボタンを外しはじめた。生まれたままの姿になると、彼女はベッドに仰向《あおむ》けになった。

トロピカルフルーツを連想させる胸の隆起は、神々《こうごう》しいまでに白い。乳首のメラニン色素も淡かった。艶《つや》やかな光沢を放つ黒々とした飾り毛は、ハートの形に刈り揃えられている。パトロンの畠山の趣味なのだろう。

磯村がベッドに歩み寄り、ベージュのブラジャーで千佳の両手首を頭の上で縛った。千佳は腋《わき》の下をもろに晒《さら》す恰好《かっこう》になった。腋毛の剃《そ》り痕《あと》が妙にエロティックだ。砂粒のような斑点《はんてん》がうっすらと散っている。

「しばらくそのままでいてくれ」

成瀬は千佳に言い、磯村に目で合図を送った。

磯村が心得顔でダイニングキッチンに足を向けた。

「あのおじさん、何かを取りに行ったんでしょ？」

千佳が不安顔で問いかけてきた。

「何を取りに行ったと思う？」

「ロープか、針金？」

「いや、外れだ」

「教えて」

「すぐにわかるさ」

成瀬は取り合わなかった。

少し経《た》つと、磯村が戻ってきた。ガラス鉢と刷毛《はけ》を手にしている。

「鉢の中身は何なの？」

千佳が磯村に顔を向けた。

「バターを溶かし込んだ蜂蜜《はちみつ》だよ」

「そんなもの、どうするの？」

「きみのおっぱいと大事なとこに塗る」

「なんだって、そんなことをするの⁉　もしかしたら、わたしの体を舐《な》め回す気なんじゃない？」

「そんなことはしないよ」

磯村が刷毛にバター入りの蜂蜜をたっぷりと含ませ、中腰になった。すると、千佳が顔を左右に振った。

「やめて！　おかしなことはしないでちょうだい」

「おとなしくしてろっ」

成瀬は怒鳴りつけ、千佳の腰にデトニクスの銃口を押しつけた。

千佳が頰《ほお》を引き攣《つ》らせ、身じろぎしなくなった。磯村が刷毛で乳房を優しくなぞりはじめた。乳首に穂先が触《ふ》れたとたん、それは強く痼《しこ》った。

磯村は乳房にバター入りの蜂蜜を塗り終えると、千佳の内腿《うちもも》を開かせた。

秘めやかな縦筋《たてすじ》は、わずかに捩《よじ》れている。片方の花びらは大きくて長い。

磯村は恥丘全体に刷毛を滑らせてから、合わせ目にバター混じりの蜂蜜をたっぷりとまぶした。

「まさか下の部分に何か変な物を突っ込むんじゃないわよね？」

千佳が目を剝《む》きながら、成瀬に訊いた。

「そこまでグロテスクなことはやらないよ」

「それじゃ、何をするつもりなの？」

「きみにとっては、気持ちのいいことさ」

成瀬は返事をぼかした。

磯村が急ぎ足で寝室を出ていった。待つほどもなく彼は段ボール箱を抱えて戻ってきた。

「その箱の中には何が入ってるの？」

「捨て犬だよ。わたしの自宅の近くに、三匹の仔犬《こいぬ》が段ボールごと捨てられてたんだ。雑種なんだが、かわいいんだよ。母親を恋しがってるようだから、少し甘えさせてやってくれないか」

磯村が茶色い仔犬を次々にベッドの上に移した。

まだ生後一、二カ月なのだろう。三匹とも、ころころと太っている。三匹の仔犬は少しの間、千佳の周《まわ》りをうろついていたが、そのうち二匹が乳房の蜜液を小さな舌で舐め取りはじめた。

残りの一匹は千佳の股ぐらに入り込み、合わせ目に鼻先を擦《こす》りつけている。

「くすぐったい。やめてよ、あんたたち」

千佳が裸身をくねらせながら、仔犬たちを振り払おうとした。だが、無駄な努力だった。

三匹の仔犬は競《きそ》い合うように小さな舌を閃《ひらめ》かせはじめた。

いくらも経《た》たないうちに、千佳は喘《あえ》ぎだした。切なげな喘ぎ声は、間もなく淫蕩《いんとう》な呻《うめ》きに変わった。磯村が段ボール箱を足許に置き、上着のポケットから小型デジタルカメラを取り出した。

すでに官能を煽《あお》られた千佳は、磯村の動きにまったく気づかなかった。磯村はさまざまなアングルから、ベッドの上の猥《みだ》りがわしい動画を撮りはじめた。

撮影し終えると、磯村が成瀬に近寄ってきた。

「いま、撮った動画をネットカフェから畠山のオフィスに送信してくる」

「よろしく！」

「送信し終わったら、すぐ成《なる》やんのスマホを鳴らすよ」

「了解！」

成瀬は短く応じた。

磯村が寝室を出ていく。成瀬は視線をベッドに戻した。

千佳の左の乳房に舌を這《は》わせていた仔犬が、急に彼女の股の間に潜《もぐ》り込んだ。弾かれる形になった仔犬は、割り込んできた仔犬を頭で押し返した。

二匹の仔犬は頭を並べて、千佳の秘部を舐めまくった。

やがて、千佳は極《きわ》みに達した。

甘やかな唸《うな》り声を洩らしながら、彼女は裸身をリズミカルに硬直させた。三匹の仔犬は戸惑《とまど》った表情で千佳を見つめている。成瀬は三匹の仔犬を段ボール箱の中に戻し、寝室の隅に置いた。

「恥ずかしいわ。わたしったら、仔犬に舐められて……」

千佳が夢から醒《さ》めたような顔で呟き、交差した両手首で目許を覆い隠した。

もう人質が逃げることはなさそうだ。成瀬は居間に移動し、リビングソファに腰かけた。紫煙をくゆらせながら、時間を遣《や》り過ごす。

磯村から電話がかかってきたのは二十数分後だった。

「たったいま、畠山に淫《みだ》らな動画を送りつけたよ」

「ご苦労さん！　磯さん、すぐこっちに戻ってきてくれないか。おれは、これから畠山に呼び出しをかけます」

成瀬はスマートフォンの通話終了ボタンをいったん押してから、『畠山経営コンサルティング・コーポレーション』に電話をかけた。スリーコールで、当の本人が受話器を取った。

「愛人の裸の動画はどうだった?」

「千佳はどこにいるんだっ」

「JR千駄ヶ谷駅のそばにあるウィークリーマンションにいる」

成瀬はウィークリーマンションの名と部屋番号を教えた。

「そっちの要求は?」

「あんたに直《じか》に訊きたいことがあるだけだ」

「金が狙《ねら》いなんだろ?　いくら欲しいんだっ。はっきり言ってみろ!」

畠山が腹立たしげに言った。

「あんた、金をせびられるようなことをしてるのか?」

「うむ」

「午後六時までに、ここに来い。もちろん、丸腰で独《ひと》りでな。妙な番犬と一緒だったら、千佳を弾除《たまよ》けにして、あんたを撃ち殺すぞ」

成瀬は通話を切り上げた。

4

靴音が大きくなった。

成瀬は物陰から歩廊《ほろう》を覗《のぞ》いた。約束の六時数分前だった。

やはり、予想通りだ。三〇一号室に近づいてくるのは畠山ではない。スポーツキャップを目深《まぶか》に被《かぶ》った大柄な男だった。

成瀬は畠山が刺客を放つかもしれないと考え、十数分前から部屋の外で待ち伏せしていたのだ。相棒の磯村は三〇一号室にいる。ドアの内錠は掛かった状態だ。

スポーツキャップの男が三〇一号室の前に立ち、素早く周《まわ》りに目を走らせた。人の気配はうかがえない。

男は玄関ドアの前に屈《かが》み込み、チノクロスパンツのヒップポケットからピッキング道具を抓《つま》み出した。

成瀬はベルトの下からデトニクスを引き抜いた。手早く安全装置を外す。すでに初弾は薬室に送り込んであった。

男が鍵穴に金属棒を挿《さ》し込んだ。別の手には、少し形の異《こと》なる金属棒を持っている。

両手を小さく動かしはじめて間もなく、呆気《あっけ》なくシリンダー錠は外れた。刺客がピッキング工具をヒップポケットにしまった。

成瀬は拳銃を両手保持で構えると、三〇一号室に走った。スポーツキャップの男が成瀬に気づき、立ち上がろうとした。成瀬は相手が立ち上がりきらない前に体当たりをくれた。

不審者が尻《しり》から落ちた。

成瀬は隙《すき》を与えなかった。男の胸板を蹴《け》り、さらに顎《あご》を蹴り上げた。相手は仰向けに引っくり返った。スポーツキャップが飛んだ。

成瀬は男にのしかかり、素早く武器を取り上げた。ブラジル製のリボルバーとコマンドナイフだ。リボルバーはロッシーだった。

三〇一号室のドアが開き、磯村が飛び出してきた。

成瀬は殺し屋から奪った拳銃とナイフを磯村に渡し、デトニクスの銃口を大柄な男のこめかみに押し当てた。

「せっかく訪ねてくれたんだ。そっちを部屋に招いてやろう」

「………」

男は返事の代わりに唾《つば》を吐いた。

成瀬は男を摑み起こした。すかさず磯村が、コマンドナイフの切っ先を男の脇腹に突きつけた。

成瀬たち二人は、大柄な刺客を三〇一号室に押し込んだ。

男が毒づいた。日本語ではない。ポルトガル語だった。

「おまえ、日系ブラジル人らしいな？」

磯村が言った。

「おれは日本人だ」

「嘘つくな。いま、おまえはポルトガル語で、くそったれどもと悪態《あくたい》をついた。おれはほんの少しだけだが、ポルトガル語がわかるんだよ」

「なら、言ってやらあ。確かに、おれは日系ブラジル人さ」

「名前は？」

「セルジオ梅宮《うめみや》だ」

「いつ来日した？」

「三年前だよ。日本で一年働けば、楽に家が一軒建つと聞いてたんだが、それは三十年近く前の話だった。おれは群馬の自動車部品工場で一日十二時間も働いた、油塗《まみ》れになってな。それでも、月給は二十三、四万だった。日本は物価が高いから、サンパウロにいる妻にはわずかな金しか送ってやれなかった」

「で、殺し屋になったわけか」

「そうだよ。向こうでお巡りをやってるころ、商店主に頼まれて路上生活してるガキどもを何人も撃ったことがあるんだ。だから、殺しの仕事には別に抵抗はなかった」

セルジオ梅宮が乾いた口調で言った。

「奥でゆっくり話を聞こうじゃないか」

成瀬は日系ブラジル人を居間まで歩かせ、フローリングに坐らせた。

セルジオ梅宮はうまく胡坐《あぐら》をかけないらしく、女坐りになった。磯村がいったん寝室に入り、人質の千佳に何か言い聞かせた。千佳は何も答えなかった。

磯村が寝室から出てきて、ドアを閉めた。

「畠山は、おれを殺せと言ったんだな？」

成瀬はセルジオ梅宮に訊いた。

「人質の救出のためなら、何をしてもいいという言い方をしただけさ」

「暗《あん》に始末しろと言ってるようなものじゃないか」

「ま、そうだな」

「須田満夫を殺《や》ったのは、そっちだなっ」

「何も言いたくねえな」

セルジオ梅宮が余裕たっぷりに言った。

成瀬は無言で、相手の口許を蹴った。めりっという音が響いた。歯の折れた音だ。

セルジオ梅宮がむせながら、鮮血に塗れた門歯《もんし》を床に吐き出した。二本だった。

「この程度のことじゃ、おれは何も喋らねえぞ」

セルジオ梅宮は虚勢を張りつづけた。

磯村がセルジオ梅宮の左耳を抓《つま》み、コマンドナイフの刃を当てた。

「素直にならないと、おまえの耳を削《そ》ぎ落とすぞ」

「やってみろよ、できるなら」

「ただの威《おど》しと思ってるらしいな」

「じいさん、早くやれよ」

セルジオ梅宮が茶化すように言った。

次の瞬間、磯村がナイフを一気に押し下げた。日系のブラジル人が動物じみた唸《うな》り声を発した。左の外耳の上部は三センチほど切り裂かれていた。赤い条《すじ》が揉み上げと耳の後ろを伝いはじめた。

成瀬は口には出さなかったが、磯村の暴力衝動に内心驚いていた。ふだんは温厚な男も、荒ぶるエネルギーを秘めていたのだろう。

「まだ喋る気にならないか?」

「ああ」

「返事が遅い!」

磯村が血糊《ちのり》の付着したコマンドナイフの刃先をセルジオ梅宮の頰に当て、一気に横に滑らせた。

セルジオ梅宮が短く呻き、手を頰に当てた。ごっつい指の間から、血の粒《つぶ》が盛り上がった。それは、すぐに弾《はじ》けて赤い糸になった。

「じいさん、殺すぞ！」

「まだ虚勢を張るつもりか。それなら、とことん痛めつけてやる」

「今度は何をする気なんだ⁉」

セルジオ梅宮の表情に初めて恐怖の色が宿った。磯村の荒ぶる様子を感じ取り、怯《おび》えに取り憑《つ》かれたのだろう。

成瀬は、磯村の興奮を少し鎮《しず》める必要を感じた。

声をかけようとしたとき、磯村がセルジオ梅宮の前に回り込んだ。

「舌を出せ！」

「え？」

「ベロを出して、おまえの汚い血をきれいに舐め取るんだ」

「………」

「逆《さか》らいたきゃ、逆らえばいいさ。その代わり、このナイフでおまえの目玉をせせり出してやる！」

「い、言われた通りにするよ」

セルジオ梅宮が血に染まった舌を伸ばした。

口の中には、血糊が溜《た》まっていた。前歯が二本折れたせいか、殺し屋の顔から凄《すご》みは消えていた。磯村がコマンドナイフを横にし、セルジオ梅宮の口に寄せた。セルジオ梅宮が刃物の血糊を舐め取った。

「おまえ、サンパウロでストリート・チルドレンを撃ち殺したと自慢げに話してたな。よく子供まで平気で殺《や》れたなっ」

「スラム育ちのガキどもは、どうすることもできない奴らなんだ。通行人からバッグを引ったくったり、商店からも品物をかっぱらって闇市場《ブラックマーケット》で売り捌《さば》いてる。それだけじゃない。親に棄《す》てられた十一、二歳の少女たちを脅して、売春までさせてるんだ。連中はギャング顔負けさ」

「だからって、虫けらみたいに殺してもいいのかっ。おまえこそ、生きる価値がない！」

磯村がコマンドナイフを日系ブラジル人の口の中に突っ込み、力まかせに横に動かした。

セルジオ梅宮が口許を両手で押さえ、その場にうずくまった。口の端が数センチ、ぱっくりと裂けていた。殺し屋は長く呻いた。磯村が鮮血で汚れたナイフを刺客の背になすりつけた。

「もうそのくらいにしておきなよ」

成瀬は磯村を諌《いさ》めた。

「そうだな」

「磯さん、どうしちゃったんです？　ずいぶん過激なことをしましたよ」

「自分でも、よくわからないんだ。突然、怒りの導火線に火が点《つ》いたような感じでね。心の奥に封じ込めてた屈折した憤《いきどお》りがマグマみたいに一気に噴《ふ》き出したのかもしれないな。内心、烈《はげ》しい暴力衝動に困惑してたんだ」

「なんとなく理解できますよ」

「急に頭がおかしくなったと思ったんじゃないのか？」

「いや、そんなふうには思いませんでしたよ。自分も激情に駆られることがありますんでね。それはそれとして、後はおれに任せてほしいな」

「わかった」

磯村はリビングソファに腰を落とした。

成瀬は床に片膝《ひざ》をつき、セルジオ梅宮の顔を上げさせた。

「まだ頑張る気か？」

「須田という男は、おれが始末したんだ。畠山さんに五百万貰ってな」

「やっぱり、そうだったか。盗撮動画は、畠山の手許にあるんだな？」

「盗撮動画？」

「とぼけるなっ。矢吹麻実のオーラルセックスのシーンが映ってる動画のことだ」

「………」

「腹に一発ぶち込んでやろうか。え？」

「多分、その動画は畠山さんが持ってると思うよ」

「やっと吐いたか。須田は涌井という解錠屋に手伝わせて、矢吹の会社に忍び込んで、闇献金リストを盗み出した。そして、共犯者の畠山に内緒で矢吹社長から巨額の口止め料を脅し取ろうとした。その裏切りを知った畠山が怒って、おまえに須田を葬《ほうむ》らせた。そうなんだな？」

「畠山さんがなぜ須田を始末したがったかは、おれはわからない」

「ふざけるな！」

「嘘じゃない。ほんとに知らないんだ」

セルジオ梅宮が縋《すが》るような目を向けてきた。芝居をしているとしたら、それこそ名演技だ。事実なのだろう。

「涌井を引っさらったのも、そっちなんだろ？　もう殺して、死体を山の中にでも埋めたのか？」

「そいつを拉致した覚えはない」

「一発喰《く》らわせてやる」

成瀬は引き金の遊びをぎりぎりまで絞り込んだ。すると、セルジオ梅宮が幼児のように首を横に何度も振った。

「おれは涌井という奴は引っさらってないし、殺してもいない。おそらく、そいつを拉致したのは上海マフィアだろう。畠山さんは唐《タン》とかいう中国人ともつき合ってるようだからな」

「スマホを出せ！」

成瀬は命じた。セルジオ梅宮は少し迷ってから、上着のポケットからスマートフォンを摑み出した。

成瀬は日系ブラジル人のスマートフォンを奪い取り、ディスプレイに登録番号を呼び出した。畠山のスマートフォンの番号を確認し、発信ボタンを押す。

ツーコールの途中で、畠山が電話に出た。先方のディスプレイには、セルジオ梅宮の電話番号が表示されたはずだ。

成瀬は相手が喋り出すまで言葉を発しなかった。

「セルジオだな？　千佳を救《すく》い出してくれたか？」

「日系ブラジル人の殺し屋は、おれの前で血に染まってるよ」

「そ、その声は⁉」

「例の盗撮動画を持って、すぐこっちに来い。須田か涌井から闇献金リストをすでに手に入れてるんだったら、ついでにそれも持ってきてもらおう」

「なんの話をしてるんだ？」

「白々しいぜ。あんたは須田と組んで、麻実の映ってる淫らなＤＶＤで矢吹さんから二億円を脅し取ろうとした。須田はあんたに内緒で矢吹さんの会社から、闇献金リストを盗み出した。『掘り出し市場』のドア・ロックを外したのは、須田の旧友の涌井だ。須田の抜け駆けに頭にきたあんたは、セルジオ梅宮に須田を始末させた。セルジオは、そこまで吐いてるんだ。もう観念しろ！」

「セルジオには虚言癖があるんだよ。あいつの話を真《ま》に受けたら、後で恥をかくことになるぞ」

「粘るな。あんたは上海マフィアの唐《タン》に解錠屋の涌井を拉致させ、闇献金リストを手に入れたんだろうが。もう涌井は生きてないんだな？」

「…………」

「三十分以内にここに来なかったら、セルジオ梅宮に重松千佳を姦《や》らせる。それでも、いいのか？」

「愛人のスペアは、いくらでもいる。セルジオが千佳を玩具《おもちゃ》にしても、おれは痛くも痒《かゆ》くもない。なんなら、おまえも千佳を抱いてもいいんだぞ。くっくっく」

畠山が勝ち誇ったように言い、一方的に電話を切った。

「そっちと千佳は、畠山に見捨てられた。奴はここに来る気はない」

成瀬はセルジオ梅宮に告げた。

「おれを殺すのか？」

「協力する気があるんなら、生かしてやってもいいよ」

「何をすればいい？」

「畠山は、まだ赤坂のオフィスにいるのか？」

「いるはずだよ。千佳って彼女を救い出したら、畠山さんの事務所に連れていくことになってたから」

「それじゃ、そっちにちょっと芝居をしてもらおう」

「どんな芝居をすればいいんだ？」

セルジオ梅宮が問いかけてきた。

「隙を衝《つ》いて反撃し、千佳をうまく救い出したと言って、おれたちよりも先に畠山のオフィスに入るんだ」

「その後、あんたは畠山さんとおれを撃つ気なんじゃないのか?」

「おれは殺し屋じゃない。むやみに人を撃ったりしないよ」

「そういうことなら、協力しよう」

「よし、話は決まった」

成瀬はセルジオ梅宮に言い、磯村に千佳を呼びに行ってもらった。

「洗面所に行かせてくれ、血を拭《ぬぐ》いたいんだ」

セルジオ梅宮が言った。成瀬はうなずき、セルジオ梅宮を洗面所に導いた。

日系ブラジル人が逃走することを警戒したが、そういう素振りさえ見せなかった。成瀬はセルジオ梅宮に自分のハンカチを手渡した。

「使えよ」

「ああ。しかし、礼は言わないぞ。あんたの相棒に手荒なことをされたからな」

セルジオ梅宮は成瀬のハンカチを受け取ると、左耳に当てた。

自分のハンカチは口許に宛《あて》がわれていた。二枚のハンカチは、瞬《また》く間に血で赤くなった。

居間に戻ると、寝室から千佳と磯村が出てきた。

衣服をまとった千佳は、うつむいていた。三匹の仔犬に乳房と性器を舐められてエクスタシーに達してしまったことが恥ずかしいのだろう。

成瀬と磯村は拳銃をちらつかせながら、セルジオ梅宮と千佳を部屋から連れ出した。エレベーターで一階に降り、ウィークリーマンションを出る。

「これもあったほうがいいだろう」

磯村がブラジル製のリボルバーを成瀬に渡し、レンタカーの運転席に入った。

成瀬は先に千佳を助手席に坐らせ、セルジオ梅宮を後部座席に押し入れた。すぐに日系ブラジル人の横に腰を落とす。右手にデトニクス、左手にロッシーを握っていた。

磯村がアルファードを発進させた。

目的の雑居ビルに着いたのは三十数分後だった。成瀬たち四人は七階に上がった。

「二人は、おれたちの楯《たて》になってもらう。先に事務所の中に入るんだ」

成瀬は言って、セルジオ梅宮と千佳をドアの前に立たせた。

「畠山さん、彼女を救い出しましたよ。千佳さんを連れてきました」

セルジオ梅宮がそう言い、『畠山経営コンサルティング・コーポレーション』のドアを大きく開けた。

数秒後、セルジオ梅宮と千佳が縺《もつ》れ合って通路に倒れた。

銃声は聞こえなかったが、二人が被弾したことは明らかだ。どちらも胸部を撃ち抜かれていた。銃創《じゅうそう》は大きい。

「ここにいてください」

成瀬は磯村に言って、畠山の事務所に身を躍《おど》らせた。

ドアから数メートル離れた場所に台座が置かれ、その上に二挺のロケットピストルが据えられていた。バッテリー式だ。

出入口のドア・フレームには赤外線センサーが設置され、ロケットピストルの発射装置と直結されていた。だが、センサーは作動しなかった。どこかが故障しているようだ。おかげで、命拾いした。成瀬は二挺の拳銃を構えながら、事務所の奥に進んだ。

電灯は点いていたが、無人だった。

成瀬は急いで事務所を出た。セルジオ梅宮と千佳は倒れたまま、石のように動かない。どちらもロケットピストルで心臓を直撃されていた。

「成《なる》やん、ひとまず逃げよう」

磯村が言った。成瀬はデトニクスとロッシーを腰の後ろに隠し、磯村とエレベーター乗り場に急いだ。

雑居ビルを出たとき、無灯火のワゴン車が低速で近づいてきた。助手席のパワーウインドーのシールドが下げられ、サイレンサー・ピストルがぬっと差し出された。

マカロフPbを握っているのは上海マフィアの唐《タン》だった。

成瀬は磯村を押し倒し、その上に覆い被さった。

サイレンサー・ピストルが小さな発射音を二度刻んだ。放たれた銃弾は、どちらも的《まと》から逸《そ》れていた。

ワゴン車が急に速度を上げた。

成瀬はタイヤを狙って、デトニクスの引き金をたてつづけに二度絞った。銃声が轟いた。

残念ながら、放った弾はタイヤには当たらなかった。ワゴン車が一段と加速し、みる間に遠ざかっていった。

「磯さん、消えましょう」

成瀬は相棒を摑み起こした。

レンタカーは数メートル離れた路上に駐《と》めてある。二人は顔を隠しながら、ほぼ同時に走りはじめた。

第五章　罠への報復

1

頭が混乱しそうだった。

前夜の殺人事件は、まったく報道されなかった。ただ、赤坂五丁目のチョコレート色の雑居ビルで発砲事件が起こったことは、テレビニュースで短く報じられた。

「磯さん、これはどういうことなんですかね？」

成瀬は問いかけた。

磯村の自宅マンションである。正午前だった。二人はダイニングテーブルに着いて、コーヒーを飲んでいた。

「セルジオ梅宮と千佳の死体が蒸発するわけがない。畠山が誰かに命じて、二つの死体を片づけさせたにちがいないよ。もちろん、事務所に仕掛けてあった手製のロケットピストルもね」

「後片づけをしたのは、唐《タン》たち上海マフィアなんじゃないのかな」

「ああ、おそらくね。どこかの局で、新しいニュースを流してるかもしれないな」

磯村が遠隔操作器《リモート・コントローラー》を使って、テレビの電源スイッチを入れた。すると、ちょうどニュースが報じられていた。

多重衝突事故のニュースが終わると、画面に塩原温泉郷が映し出された。

「今朝《けさ》十時半ごろ、栃木県の福渡《ふくわた》温泉近くの山中で男性の腐乱死体が発見されました。警察の調べで、この男性は東京・世田谷区太子堂の自営業、涌井広道さん、四十二歳とわかりました」

女性アナウンサーが、いったん言葉を切った。

成瀬は磯村と顔を見合わせ、すぐに視線を画面に戻した。檻《おり》に入れられたシベリアン・ハスキー犬がアップになった。凶暴な目をして、吼《ほ》えたてている。

「死体を発見したハイカーは山中に捨てられて野犬化したシベリアン・ハスキーに片腕を咬《か》まれ、全治二週間の怪我《けが》を負いました。捕獲された野犬は地中に埋まっていた遺体の一部を掘り起こしているところをハイカーに見られ、とっさに襲いかかった模様です。

亡くなった涌井さんは数カ所、刃物で刺されていました。また、四日前の深夜、現場付近で不審な中国人男性が数人目撃されています。警察は、そのグループの行方を追っています。次は放火事件です」

アナウンサーの顔が短く映り、画面は火災現場に切り替わった。

磯村がテレビの電源を切る。

「やっぱり、解錠屋は上海マフィアに拉致《らち》されて殺されたようだな」

成瀬は呟《つぶや》いた。

「畠山が唐《タン》に涌井を拉致させ、須田の隠し持ってた闇《やみ》献金リストを預かってるかどうか締め上げさせたんだろう」

「きっとそうにちがいありません」

「問題は、畠山が闇献金リストを手に入れたかどうかだな。成《なる》やんはどう思う？」

「仮に手に入れてたとしたら、すぐに畠山は須田の代わりに十億円を用意しろと矢吹さんに脅しをかけるんじゃないですか」

「ま、そうだろうな」

「しかし、いま現在、矢吹さんはそういう脅迫を受けてない。少なくとも、おれたち二人はそういう話は耳にしてないですよね」

「そうだな」

「ということは、結局、畠山は例の闇献金リストを入手できなかったんでしょうね」

「そうとも考えられるし、畠山が裏取引を持ちかけるチャンスをうかがってるとも……」

「そうか、そうです」

「どっちにしても、畠山は共犯者だった須田をセルジオに始末させて唐《タン》たちに涌井を片づけさせた疑いが濃いな。そして奴は、自分の身辺を嗅《か》ぎ回ってるわれわれ二人も消す気になったんだろう」

「現におれたちは昨夜《ゆうべ》、赤坂の雑居ビルの前で唐《タン》に狙撃《そげき》された」

「そうだったね。成《なる》やん、攻撃は最大の防禦《ぼうぎょ》だよ。もし殺《や》られそうになったら、逆に唐《タン》たちを殺《や》っちまおう」

　磯村が真顔《まがお》で言った。

「どんどんアナーキーになってますね、磯さんは」

「なんか箍《たが》が外れてしまった感じなんだ。命は一つしかない。むざむざと殺されたんじゃ、癪《しゃく》じゃないか」

「それはそうですね。目には目を、歯には歯でいきますか」

「ああ、金の亡者《もうじゃ》たちに命をくれてやるほどお人好しじゃない。だいたい悪人がのさばりすぎてるよ。法の網を上手に潜《くぐ》って、好き放題やってる奴らは誰かが裁《さば》かなきゃな」

「おれも、そう思います。法で裁けない奴らは、闇に葬るべきなんだ」

「成《なる》やん、青臭い正義感を振り翳《かざ》して自己満足を得たいわけじゃないよな？」

「幼稚なヒーロー願望なんかありませんよ。汚い手で権力や財力を握った連中にでかい面《つら》させたくないだけです。そんな奴らをぶっ潰《つぶ》して、溜《た》め込んだ金をぶんどってやったら、スカッとするだろうな」

「どうせなら、そこまでやっちまおうや。おれたちは裏の裁き屋になって、暴《あば》れまくろう。悪人どもを嬲《なぶ》って、まとまった銭も懐に転がり込んだら、最高じゃないか」

「裁き屋稼業か。磯さん、悪くないですね。負け犬を返上して、アナーキー路線を突っ走るか」

「人生が面白くなりそうだ。もともとモラリストじゃなかったから、法律を破ることにはあまり抵抗がない」

「おれも同じです。男は無鉄砲で、やんちゃじゃなきゃね」

「そうだな。いまこそ、男の復権が大事なんだ。それはそうと、差し当たって上海マフィアどもと闘わなきゃな」

「ええ。デトニクスの残弾は一発、日系ブラジル人から奪ったロッシーの輪胴《シリンダー》には五発詰まってる。六発あれば、なんとかなるでしょう」

「成《なる》やんと違って、こっちはフィリピンでたったの一度しか実射したことがないんで、無駄弾になりそうだな。シューティングは成《なる》やんに任せるか」

「いいですよ」

成瀬は笑顔で答えた。

そのすぐ後、卓上に置いたスマートフォンに着信があった。成瀬はスマートフォンを手に取った。

「おれです」

着ぐるみ役者《スーツタレント》の辻の声だ。

「よう！　撮影は順調か？」

「それが……」

「辻、何があったんだ？」

「きのうの夕方、おれ、羽鳥監督をぶん殴っちゃったんですよ」

「嘘《うそ》だろ!?」

「いや、マジな話です。羽鳥の奴、おれの演技にねちねちと文句を言って、のし歩くシーンだけでテイク20までやらせたんですよ。汗塗れで、体温は四十度を超えてるんじゃないかと思うほど暑かったんで……」

「で、キレてしまったんだ？」

「そうなんですよ。せっかく成瀬さんが降りた役を回してくれたのに、こんな結果になってしまって申し訳ありません」

「羽鳥はカンカンなのか？」

「ええ、ヒステリー女みたいに甲高《かんだか》い声で喚《わめ》いてました。父親の力を借りて、おれを業界から締め出してやるってね」

「辻、おまえも漢《おとこ》だな。見直したよ」

成瀬は言った。

「おれ、しばらく東京を離れることにしました。昔、舞台俳優やってた知り合いの男が新潟で有機農法で米作りをしてるんですよ。さっき電話したら、気分転換に少し手伝ってみないかって言われたんです」

「それで、おまえは行く気になったわけだ？」

「ええ」

「それも悪くないじゃないか。しばらくのんびりしてこいよ。おまえが喰《く》えなくなったときは、おれが面倒見てやる」

「成瀬さん、例の金が入ったんですか？」

「いや、それはまだだよ。だけど、でっかく稼げそうな商売を親しい飲み友達とやることになったんだ」

「へえ」

「おまえにその気があるんだったら、そのうち助手として雇ってやるよ」

「頼もしいな。それはともかく、数日中に新潟に旅発《だ》つつもりなんですよ」

「そうなのか。落ち着いたら、連絡先を教えてくれないか」

「わかりました。それじゃ、また！」

辻が電話を切った。成瀬はスマートフォンを耳から離した。

ちょうどそのとき、部屋のインターフォンが鳴った。磯村が椅子《いす》から立ち上がり、玄関に急ぐ。

「宅配便です」

ドアの向こうで、男の声がした。

「判子《はんこ》がいるんだよね？」

「サインでも結構です」

「そう」

磯村が玄関ドアを開けた。ほとんど同時に、彼は短い悲鳴をあげた。

成瀬はダイニングテーブルから離れ、玄関ホールに走った。

玄関の三和土《たたき》には、乳白色の噴霧《ふんむ》が漂っていた。目がちくちくする。催涙スプレーの噴霧だろう。磯村は両手でノブを摑《つか》み、細く開けられたドアを引き戻そうとしていた。よく見ると、隙間《すきま》にサバイバルナイフを握った片腕が挟まれている。

成瀬は三和土に降り、サバイバルナイフを捥《も》ぎ取った。すぐに突き出された襲撃者の手の甲を刃先で斬《き》りつける。

暴漢が呻《うめ》いて、中国語で何か罵《ののし》った。唐《タン》の手下が部屋に押し入ろうとしたのだろう。

「磯さん、ノブから手を離してください」

成瀬は耳打ちした。

磯村が横に体をずらす。成瀬はドアを力まかせに押した。ドアが襲撃者の額にぶち当たった。成瀬は部屋を出た。

目の前に、二十代後半の男が立っていた。色が浅黒く、頬骨《ほおぼね》が高い。

男がデニム地のジャケットの裾《すそ》を跳《は》ね上げた。ベルトの下にトカレフが見えた。

成瀬は相手の肩口を摑んで引き寄せ、喉元《のど》に鋸歯《セレーション》を押し当てた。男が喉の奥で短く呻いた。

「ちょっとでも動いたら、喉を搔《か》っ切るぞ」

成瀬は相手のベルトの下から、中国製トカレフを引き抜いた。中国でパテント生産されているノーリンコ54だった。

成瀬はノーリンコ54を磯村に渡し、暴漢を三和土に引きずり込んだ。

「わたし、謝る。手、痛いよ、血が出てる」

男がたどたどしい日本語で言った。

「まず名前から喋《しゃべ》ってもらおう」

「ごめんなさいしたよ、わたし。早く病院行きたい」

「名前を言うんだっ」

「羅《ルオ》ね。わたし、羅《ルオ》よ」

「上海出身の流氓《リウマン》だな?」

「わたし、何も悪いことしてない。日本語の勉強に来たね」

「世話焼かせんなって」

成瀬は言うなり、羅《ルオ》の睾丸《こうがん》を膝頭《ひざがしら》で蹴《け》り上げた。

羅《ルオ》が呻き、白目を剝《む》く。腰も砕《くだ》けそうになった。

「唐《タン》に命じられて、ここに来たんだなっ」

「それ、正しくない。わたし、蘇《スー》さんに言われて、ここに来たよ」

「誰なんだ、そいつは？」

「蘇《スー》さん、唐《タン》さんの次に力ある男ね」

「唐の右腕ってわけか」

「その日本語、わたし、よくわからない」

「暇なときに日本語の国語辞典を繰《く》ってみろ」

「喰《く》う？　辞典、食べられないよ」

「繰るだっ」

「それ、どういう意味？　教えてほしいね」

「そっちと遊んでる暇はない。蘇《スー》って奴は、おれたちをどうしろって言ったんだ？」

「手、すごく痛いよ。わたし、早く病院行きたい。日本人、親切ね。だから、わたし、日本人とても好き。あなたも親切でしょ？」

「残念だったな。おれは不親切で、残忍な日本人なんだよ」

成瀬は言って、羅《ルオ》の首筋を浅く切りつけた。

羅《ルオ》が凄《すさ》まじい声をあげ、成瀬を睨《ね》めつけてくる。憎悪の籠《こも》った目だった。

「その目は何だっ。怒ったんなら、反撃しろ！」

「わたし、いま何も武器持ってない。あなた、わたしのナイフとピストル、手に入れた。だから、逆《さか》らえないよ」

「だったら、もっと素直になるんだな」

「蘇《スー》さん、すごく怖《こわ》い男ね。わたしの友達、うまくピッキングできなかった。それで、お巡りさんに追いかけられたね。蘇《スー》さん、とても怒って、わたしの友達のシンボルに熱湯かけた。だから、わたし、何も言えない。わかってほしいね」

「おれは、もっと残酷なことをやるぜ」

「あなた、何する気⁉」

「おまえのペニスをこのナイフで、バナナチップスみたいにスライスしてやる」

「それ、困る。わたし、女みたいになっちゃうよ」

「ズボンとパンツを膝のところまで下げろ！」

成瀬は言った。言うまでもなく、威《おど》しだった。

羅《ルオ》は真に受けたらしく、頬の肉をひくつかせた。

「わたしを女にしないで！　は、話すよ。わたし、蘇《スー》さんにこの部屋にいる二人の男を殺してこいと言われたよ」

「やっぱり、そういうことか。殺しの依頼人は、畠山という日本人だな？」

「わたし、それ、知らない。蘇《スー》さんに命令されただけね」

「そっちひとりで乗り込んできたのか？」

「それ、答えにくいよ」

「近くに蘇《スー》か誰かがいるんだな？」

「わたし、返事できない」

「言うんだっ」

「蘇《スー》さん、このマンションの前の車の中にいるよ」

「それじゃ、蘇《スー》って奴を紹介してもらおうか」

成瀬は羅《ルオ》の体を反転させ、玄関から押し出した。磯村が奪ったノーリンコ54を腰の後ろに隠し、部屋から出てきた。

三人はエレベーターの函《ケージ》に乗り込み、一階に降りた。エントランスロビーの中ほどで、急に羅《ルオ》が立ち止まった。

「どうしたんだ？」

成瀬は問いかけた。

「靴の紐《ひも》が緩《ゆる》んで、わたし、歩きにくいね。ちょっと結び直したい。それ、いいか？」

「早くしろ」

「日本人、やっぱり親切ね」

羅《ルオ》がにやりと笑って、その場にしゃがみ込んだ。

成瀬は少し退《さ》がった。磯村は斜め後ろに立っている。

「わたし、急いで結び直すよ」

羅《ルオ》がそう言い、下を向いた。

次の瞬間、成瀬は腹部に羅《ルオ》の頭突きを浴びせられた。虚《きょ》を衝《つ》かれ、よろけた。弾みで、磯村にぶつかる。二人は床に倒れた。

羅《ルオ》が走って、マンションの外に出た。成瀬は素早く起き上がり、羅《ルオ》を追った。

マンションのアプローチに飛び出したとき、鈍い衝突音が響いた。羅《ルオ》の体が宙を舞い、どさりと車道に落ちた。

羅《ルオ》を撥《は》ねたと思われる黒いレクサスは、フルスピードで走り去った。

成瀬は車道に走り出て、羅《ルオ》に駆け寄った。片方の耳と口から血を垂らしている。

「そっちを轢《ひ》いたのは蘇《スー》って奴なんだな？」

「そう。わたし、悔しいよ。同じ上海人に命を狙われるなんて……」

「しっかりしろ。いま、救急車を呼んでやる」

「そうしてほしいけど、無駄になるかもしれない」

羅《ルオ》は弱々しく呟き、大きく息を吸った。そのまま縡《こと》切れた。

「成《なる》やん、羅《ルオ》は？」

マンションの前で、磯村が訊《き》いた。

成瀬は黙って首を横に振り、ゆっくりと立ち上がった。

2

出入口のそばに眼光の鋭い男たちがいる。

三人だった。チョコレート色の雑居ビルの前だ。

「あいつらは唐《タン》の手下たちなんじゃないかな」

成瀬は助手席の磯村に言った。

二人はレンタカーの中にいた。アルファードだ。羅《ルオ》が死んだことを確かめた後、赤坂にやってきたのである。午後一時過ぎだった。

「おそらく七階の畠山の事務所の前にも、見張りがいるんだろう。成《なる》やん、どうする？」

「拳銃が三挺ありますが、真っ昼間の都心で銃撃戦をやるわけにはいかないでしょ？」

「そうだな。畠山のオフィスに押し入るのは、ちょっと無理だろう」

「ええ。畠山がビルから出てくるのを辛抱強く待ちますか」

「成《なる》やん、そうしよう。それはそうと、このレンタカー、敵に知られてるだろう。車種を変えたほうがいいんじゃないか？」

「別の車を借りても、きっと連中はおれたちの張り込みや尾行に気づくでしょう」

「そうかもしれないな。だとしたら、レンタカーを借り替えても意味ないか。よし、このまま張り込もう」

「そうしましょう」

「成《なる》やん、車を少しバックさせたほうがいいよ。ここじゃ、三人の男たちから丸見えだからな」

　磯村が言った。

　成瀬はアルファードを二十メートルほど後退させた。そのとき、磯村がシートベルトを外した。

「煙草を買うついでに、コンビニで何か喰《く》いものを買ってくるよ。弁当がいい？　それとも、サンドイッチのほうがいいかな」

「年上の磯さんを使いっ走りにさせるわけにはいきませんよ。おれが行ってきます」

「いいんだ。コンビニのＡＴＭで少し金を下《お》ろしたいんだよ」

「そういうことなら、サンドイッチとコーラを買ってきてもらおうかな」

成瀬は頼んだ。

磯村がうなずき、車を降りた。成瀬は煙草に火を点《つ》けた。一服し終えたとき、思いがけなく及川響子から電話がかかってきた。

「まだ怒ってる？」

「用件を言ってくれ」

「きのう、あなたの衣類を処分したんだけど、その後、気持ちに変化が……」

「どういうことなんだ？」

「失ってみて、初めてあなたの存在の大きさに気づかされたの。あなたの子供っぽさに腹を立ててしまったけど、考えてみれば、わたしも少し大人げなかったわ」

「だから、縒《よ》りを戻したいってわけか？」

成瀬は問いかけた。

「わたしのしたことを赦《ゆる》してもらえるなら、また一緒に暮らしたいと思ってるの。どうかしら？」

「無理だな。人間の心は不変じゃないんだ」

「虫がよすぎる？」

「そうだな。ショッキングな光景を見たこともそうだが、おれは響子が姑息《こそく》な手段を使ったことも赦《ゆる》せないんだよ。汚いじゃないか。愛想を尽かしたんだったら、おれの荷物を黙って部屋の外に投げ出せばよかったんだ」

「そんなことをしたら、あなたは怒って、わたしを殴ったんじゃない？　わたし、それが怕《こわ》かったのよ」

「そこまでされたら、おれは女を殴ったりなんかしない。多分、おとなしく消えただろう」

「そうかしら？」

「手切れ金の五十万も気に入らなかったな」

「どうしても無理？」

「もう終わったんだよ、おれたちは。熱くなって夢を追いかけてる男を早く見つけるんだな。余計なお世話だろうが、こないだのイケメンは見込みないぞ。あんなことを安直に引き受ける野郎には、プライドも意地もないからな。響子は母性本能が強いから、きっと恰好《かっこう》な夢追い人が見つかるよ」

「惨《むご》い男性《ひと》ね。そんな優しいことを言われたら、未練を吹っ切れなくなるじゃないの」

「どうしてほしかったんだ」

「わたしを罵倒《ばとう》してほしかったわ。縒《よ》りを戻す気がないんだったらね」

「ずいぶん身勝手な言い分だな」

「ええ、そうよね。このままじゃ、気持ちに整理がつけられないのよ」

響子が言った。暗く沈んだ声だった。

成瀬は一瞬、優しい気持ちになった。何か労《いたわ》りの言葉をかけてやりたくなったが、愛《あい》惜《せき》の念や未練心とは関わりのない感情だった。一種の憐《あわ》れみなのかもしれない。

「わたしって、厭《いや》な女だったのね」

「そうだな。もう顔も見たくない。おれのスマホのナンバー、すぐに削除してくれ。いいなっ」

「………」

「まだ足りないらしいな。それじゃ、もっと言ってやろう。おれは本気で響子に惚れたことは一度もなかった。単に都合のいい女だったわけさ」

「そうだったの。わかったわ。元気でね」

響子が不自然なほど明るく言い、先に電話を切った。屈折《くっせつ》した女心が痛ましかったが、成瀬は感傷的な気持ちにはならなかった。

十分ほど経《た》つと、磯村が戻ってきた。コンビニエンスストアの白いビニール袋を手にしていた。成瀬は手渡されたミックスサンドイッチを頬張り、ペットボトル入りのコーラを喉に流し込んだ。

磯村はおにぎりを食べながら、冷えた日本茶を飲んだ。二人は、どちらも言葉を発しなかった。

軽い昼食を摂《と》り終えたとき、磯村が問いかけてきた。

「成《なる》やん、何かあったんじゃないのか？」

「別に何もないですよ」

「水臭いじゃないか。何かを失い、何かを得た。そんな表情がはっきりと顔に出てるぞ」

「磯さんは鋭いな。観察眼や洞察力があるから、小説が書けるんでしょうね」

「なんか皮肉っぽく聞こえるな。おれは結局、小説だけでは喰《く》えなかった元ゴーストライターだ。文章力もそうなんだろうが、人物描写に何か欠けるものがあると言われてるようで、なんかちょっと……」

「磯さん、妙な僻《ひが》み方しないでくださいよ。おれは、誉《ほ》め言葉のつもりで言ったんですから」

「本気で突っかかったわけじゃないんだから、聞き流してくれ。それより、話す気になったら、いつでも……」

「実は、少し前に響子から電話があったんですよ」

成瀬はそう前置きして、詳しい話をした。口を結ぶと、磯村が言った。

「いいのか、それで？」

「後悔してるように見えます？」

「いや、そうは見えないな。ひとつの季節が終わったんだ？」

「そういうことですかね」

「出会いに別れは付きものだ。しかし、別れ方によって、その後の生き方は千差万別になる」

「そうでしょうね」

「人間は何かを得ようとしたら、何かを失うようにできてる。逆に何かを失ったときは、必ず何かを得ているものだ。そうして人々はバランスを取りながら、強《したた》かに生き抜いていく」

磯村が哲学者めいた口調で言った。

「含蓄《がんちく》のある言葉ですね。さすが人生の大先輩は言うことが違うな」

「別におれのオリジナルじゃないんだ。もう何年も前に死んでしまった行動派作家が晩年に綴《つづ》った文章の一節さ」

「へえ。おれ、めったに本なんか読まないから……」

「できれば、本はたくさん読むべきだね。さまざまな物の見方があることを知るだけでも、読む価値はあるよ」

「本って、なんかかったるいでしょ？　映像なんかと違って、小説なんかの場合は読者が想像力を働かさなきゃならないから」

「成《なる》やん、それがいいんだよ。想像力を膨《ふく》らませることによって、人は感受性が豊かになる」

「そうなのかもしれないね」

「感受性が鈍《にぶ》けりゃ、他人の悲しみや憂《うれ》いも感じ取れない。太宰治じゃないが、人間の価値は他人の悲哀や傷心に敏感かどうかで決まるんだと思うよ。ほら、優しいという字は人が憂えると書くよな？」

「そうですね。他者の悲しみや辛さを敏感に感じ取って、さりげなく相手の心の傷《いた》みを和らげることが優しいってことか」

「そう。太宰は、そういう神経の濃《こま》やかな者が人間として最も優れてるのではないかとも書いてる」

「いいこと言うな」

「別の物故作家は、究極的な恋愛は一種の人殺しなのではないかという主題《テーマ》を掲《かか》げて、大変な名作を遺《のこ》してる」

「人殺しとは穏《おだ》やかじゃないな。その作家は、何を言いたかったんだろう？」

成瀬は問いかけ、煙草をくわえた。

「他人と深く関われば、相手に何らかの影響を与えることになる。場合によっては、当事者の二人はそれまでの生き方を大きく変え、結果的に破滅に向かうことになるかもしれない」

「そういうこともあるでしょうね」

「情熱的な恋情は、ある意味で他者を縛りつけ、魂を奪って腑《ふ》抜《ぬ》けにしてしまう。だから、人殺しというわけさ」

「なるほどね。しかし、そこまで相手にのめり込める男女はそう多くないでしょ？」

「ま、そうだろうな。人の心は移ろいやすいし、誰にも打算や思惑《おもわく》がある。だから、永遠《とわ》の愛がなかなか成立しないんだろう。しかし、五年とか十年と限れば、濃密な恋愛はあるはずだよ。そうした至福《しふく》の歳月を持てるだけで、生まれてきたことに感謝すべきなんだと思うね。多くのものを求めると、失望を味わわされることになる。人間は弱く、わがままだからな」

「いい話を聞かせてもらいました」

「なんだか柄にもない話をしてしまったな。迷惑だったんじゃないか？」

「そんなことありません」

「なら、いいんだがね。なんか立ち入ってしまった感じで、悪かったな」

磯村が済まなそうに言って、背凭《もた》れに上体を預けた。

時間が流れた。

雑居ビルの前に見覚えのあるロールスロイス・ファントムが停まったのは午後四時過ぎだった。畠山がどこかに出かけるらしい。

成瀬は変装用の黒縁眼鏡をかけた。前髪も額に垂らす。単なる気休めだが、少しは見た目の印象が変わっただろう。

「こっちも、ちょっと工夫をしないとな」

磯村が上着のポケットから折り畳んだ白いキャップを取り出し、目深《まぶか》に被《かぶ》った。

それから間もなく、雑居ビルの中から畠山が現われた。ライトグレイの背広姿だった。

三人の見張りと思われる男たちが畠山に目礼した。畠山が何か短く言った。男たちは頭を下げ、レンタカーのアルファードとは逆方向に歩きだした。

畠山がロールスロイスの後部座席に乗り込んだ。

アルファードは対向位置に駐《と》めてある。成瀬は車をバックさせ、尻から脇道に入れた。

ほどなくロールスロイスが目の前を通過していった。

成瀬は超高級外車を尾行しはじめた。ロールスロイスは首都高速道路を進み、東名高速道路に入った。

「畠山は遠出するようだな」

磯村が言った。

「そうみたいですね。どこかに別荘があるのかもしれないな。あるいは、伊豆あたりのホテルに泊まって、明日の朝からゴルフをすることになってるんだろうか」

「そのどっちかだろうな」

「首都高速に乗ってから後ろを気にかけてきたんですが、特に怪しい車は張りついてませんね。唐《タン》の手下と思われる三人は、まっすぐ引き揚げたんだろう」

「ああ、多分ね。しかし、油断はしないほうがいいな」

「そうですね」

成瀬は運転に専念した。

ロールスロイスはハイウェイをひた走りに走り、愛知県の豊川ＩＣ《とよかわインターチェンジ》で国道一五一号線に降りた。飯田《いいだ》線に平行している道路だ。

畠山を乗せた車は一宮町の外れを通り抜け、道なりに走っている。国道を直進すれば、やがて長野県の飯田市に達する。

「この先に別荘なんかなさそうだな」

成瀬はステアリングを操《あやつ》りながら、小声で言った。

「そうだね。リゾートホテルの類《たぐい》もない感じだね。ひょっとしたら、畠山はわれわれを人目のない場所に誘い込もうとしてるんじゃないだろうか」

「そうなのかな。磯さん、念のため、グローブボックスの中からデトニクスとロッシーを出しといてください。それから、ノーリンコ54もね」

「わかった」

磯村がグローブボックスの蓋《ふた》を開け、三挺の拳銃を摑み出した。それから彼は綿ジャケットを脱ぎ、膝の上に置いたデトニクス、ロッシー、ノーリンコ54を覆い隠した。

「こうしておけば、運転台の高いダンプカーと擦《す》れ違っても、一一〇番通報される心配はないだろう」

「そうでしょうね」

成瀬はルームミラーとドアミラーを交互に見た。

不審な車は追尾《ついび》してこない。いつしか星が瞬《またた》きはじめていた。

やがて、ロールスロイスは飯田線三河川合《みかわかわい》駅の少し先を左に折れた。路肩《ろかた》の案内板には鳳来湖《ほうらいこ》と記《しる》されている。

「この先に人造ダムがあるようだな」

磯村が言った。車の量は少なく、沿道の家並《やなみ》はじきに途切れた。

「別荘もホテルもなさそうだな。磯さんの勘は当たったようですね」

「成《なる》やん、運転替わろうか。こっちは拳銃をうまく扱えないからさ」

「いや、このままで敵の出方を見ましょう」

成瀬は言った。

そのすぐ後、磯村が脇道からコンテナトラックが出てきたことを告げた。すぐに成瀬はミラーを覗いた。七、八十メートル後方にコンテナトラックのヘッドライトが見えた。かなりのスピードを出している。

「成《なる》やん、コンテナトラックはこの車に追突する気なんじゃないか？」

「そうなのかもしれないな」

成瀬はアクセルペダルを深く踏み込んだ。

その矢先、前を走るロールスロイスが急に減速した。後ろのコンテナトラックは逆にスピードを上げた。レンタカーは完全に二台の車に挟まれる形になった。横に入れそうな道はない。

やむなく成瀬は少し減速した。

そのとき、リア・バンパーが鳴った。着弾音だった。銃声は聞こえなかった。

「成《なる》やん、コンテナトラックの助手席に坐ってる奴が窓の外に片腕を出してるぞ。銃身の長い拳銃を握ってるようだ。どうしよう?」

「磯さん、シートベルトを外しといてください」

成瀬は言いながら、自分のシートベルトを外した。

その数秒後、ロールスロイスが急停止した。道路を塞《ふさ》ぐ形だった。後方のコンテナトラックが猛然と追走してくる。

「左の林の中に逃げ込みましょう」

成瀬は磯村に言って、急ブレーキをかけた。

タイヤが軋《きし》み、体が前にのめる。磯村は危《あや》うくフロントガラスに額をぶつけそうになった。二人は相前後して、車を降りた。

暗い林の中に走り入ろうとしたとき、コンテナトラックから銃弾が飛んできた。幸運にも二人とも被弾しなかった。

成瀬たちは急いで林の中に入った。下草や蔓《つる》が多く、ひどく走りにくい。灌木《かんぼく》も邪魔だった。

「そっちに渡しておこう」

磯村が走りながら、二挺の拳銃を差し出した。ロッシーとノーリンコ54だった。

「デトニクスは磯さんが持っててください。残弾は一発ですが、用心のためにね」

「わかった。それじゃ、この二挺を成《なる》やんに渡そう」

「そうしてください」

成瀬は二挺の拳銃を受け取った。

追っ手の荒々しい足音が耳に届いた。人数ははっきりしないが、二人か三人だろう。

少し経つと、後方から銃弾が疾駆《しっく》してきた。

樹木の小枝が折れ、樹皮の欠片《かけら》が飛散した。放たれた三発は標的から逸《そ》れていたが、無気味は無気味だった。銃声は、まったく轟《とどろ》かなかった。サイレンサー・ピストルを使ったのだろう。

不意に夜空が明るんだ。

照明弾のせいだ。無数の銃弾が飛んできた。

「伏せましょう」

成瀬は磯村に言って、身を屈《かが》めた。ロッシーを右手に持ち、ノーリンコ54をベルトの下に差し入れる。

追っ手は三人だった。そのうちのひとりは唐《タン》だ。マカロフPbを握っている。両側の男たちもサイレンサー・ピストルを手にしていた。

二十数メートルしか離れていない。じっとしていたら、狙《ねら》い撃ちされそうだ。

「おれが二、三発撃ち返しますから、その間に磯さんは林の奥に逃げてくださいね」

「自分だけ逃げるなんてことはできない」

「そうたやすく撃たれやしませんよ。おれ、すぐに磯さんを追いかけますから」

「ほんとだね？」

「ええ。こんな所で死んでたまるかってんだ。反撃します」

成瀬はロッシーの撃鉄《ハンマー》を搔《か》き起こした。

照明弾の光は弱まりかけている。成瀬は唐《タン》の脚《あし》に狙いをつけて、引き金を一気に絞った。乾いた銃声が静寂を切り裂いた。

唐《タン》が尻餅《しりもち》をついた。だが、すぐに立ち上がった。弾《たま》は当たらなかったようだ。

磯村が中腰で走りはじめた。成瀬はもう一発撃った。今度は右側にいる男を狙ったのだが、放った銃弾は十メートルあまり先の巨木の幹《みき》にめり込んだ。

ふたたび照明弾が闇を明るませた。

唐《タン》たち三人が走りながら、マカロフPbの引き金を代わる代わる絞った。成瀬の数メートル周辺に次々と着弾し、千切《ちぎ》れた下草や土塊《つちくれ》が舞い上がった。

三発目を撃ち返す。唐《タン》たち三人が慌《あわ》てて身を伏せた。

成瀬は立ち上がって、林の奥に逃げた。磯村は十数メートル離れた樹木の陰に立っていた。

「やっぱり、ひとりだけで逃げるのは……」

「損な性分《しょうぶん》だな、磯さんは」

「成《なる》やんは相棒《バディ》だからな」

「話は後にしましょう」

二人は走りだした。

敵は執拗《しつよう》に追ってくる。逃げ回っているうちに、二人は崖《がけ》にぶつかった。はるか眼下に湖面が見える。鳳来湖だろう。

成瀬は片膝を落とし、地べたに耳を押し当てた。敵の乱れた足音は、すぐ近くまで迫《せま》っていた。

「大木を見つけて、できるだけ上の枝まで登りましょう」

成瀬は撃鉄を静かに押し戻し、ロッシーを腰の後ろに挟んだ。

好都合にも、近くに二本の巨木があった。成瀬と磯村は、それぞれ樫《かし》の太い木によじ登りはじめた。横に張り出した太い枝の上に立ったとき、敵の三人がそばまで迫ってきた。

成瀬はリボルバーの銃把《グリップ》に手を掛け、じっと息を殺した。磯村も樹幹にへばりついて、まったく動かない。

唐《タン》が中国語で二人の仲間に何か言った。

すぐに三人は引き返していった。数分後、成瀬たち二人は巨木から降りた。警戒しながら、通りに戻る。

ロールスロイスもコンテナトラックも見当たらない。

「もう少し経《た》ってから、車に戻りましょう。近くに敵が潜《ひそ》んでるかもしれないからね」

成瀬は磯村に言い、暗がりを透《す》かして見た。

動く人影はなかった。しかし、まだ安心はできない。

成瀬は目を凝《こ》らしつづけた。

表情が冴《さ》えない。

成瀬は片岡進を見た瞬間、そう感じた。何かよくない話があるのだろう。

3

鳳来湖の横の自然林で銃撃戦を交《まじ》えた翌日の午後三時過ぎだ。成瀬と磯村は電話で呼び出され、片岡の事務所を訪れたのである。

「急に呼び出したりして、申し訳ない。坐って話をしましょう」

片岡が応接ソファセットに成瀬たち二人を導いた。

「近所の喫茶店から、アイスコーヒーでも取りましょうか？」

「いや、結構だ。すぐに話を聞かせてくれないか」

磯村が片岡を促《うなが》して、真っ先にソファに腰かけた。成瀬は磯村のかたわらに坐った。

片岡が磯村と向かい合う位置に腰を沈め、言いづらそうな顔で切り出した。

「実は依頼人の矢吹氏から正午前に電話がありましてね、調査を打ち切ってほしいと言われたんですよ」

「急にまたどうして？」

「矢吹氏ははっきりとは言いませんでしたが、どうも別のトラブルシューターに娘さんの盗撮動画の回収を頼んでたようですね。もう不安材料はなくなったという言い方をしてました」

「片岡君、それじゃ、われわれ二人は只働《ただばたら》きさせられたってことになるのか」

「二人には当然、迷惑料を払います。一時間ほど前に紀香夫人がここに見えられて、二百万円のキャンセル料を置いていったんですよ。それをそっくり渡しますんで、成瀬君と百万ずつ分けてください」

「それでは、仕事を受けた片岡君の取り分がないじゃないか」

「いいんですよ。おれは脅迫者捜しと盗撮動画データの回収を依頼されただけで、実際に動いてくれたのは磯村さんと成瀬君の二人だったんですから」

「しかし、それじゃ、いくらなんでも気の毒だ。せめて口利き料《コミッション》を取ってもらわないと、こちらも負担に感じてしまうよ。片岡君が百万で、われわれ二人は五十万ずつという配分でどうだろうか？」

磯村が提案した。

成瀬は黙っていたが、別に異論はなかった。それよりも取らぬ狸《たぬき》の皮算用になってしまったことに、困惑していた。そう遠くない日に三百五十万円が懐に入ると思い込み、つい辻に大口を叩《たた》いてしまった。そのことが恥ずかしかった。

「磯村さんの気持ちは嬉《うれ》しいが、おれは受け取れません」

「それじゃ、せめて五、六十万円でも……」

「いいえ、貰《もら》えません」

片岡がソファから立ち上がり、自分の机に歩み寄った。引き出しの中から銀行名の入った白い封筒を取り出し、すぐに戻ってきた。

「片岡さん、六十万ぐらい受け取ってくださいよ。磯さんとおれは七十万ずつ貰うから」

成瀬は言った。

「いいんだよ。おれはネゴシエーターとして、それなりに稼いでる」

「そうだろうけど……」

「本当にいいんだって」

片岡がそう言い、磯村の前に札束の入った白い封筒を置いた。

「弱ったな」

「磯村さん、悩まないでくださいよ。領収証は必要ありません。矢吹夫人がそう言っていましたので。どうぞ収めてください」

「それじゃ、一応、預からせてもらおう」

磯村が封筒を摑み上げ、成瀬に差し出した。

「おれのほうが年下なんだから、磯さんが預かってくださいよ」

「成《なる》やんが受け取るべきだ。こっちは、きみの助手みたいなことしかやらなかったんだから」

「逆ですよ。磯さんがいなかったら、おれはたいしたことはやれなかったでしょう」

「いいから、受け取れって」

「わかりました」

成瀬は二百万円の入った封筒を麻の白いジャケットの内ポケットに突っ込んだ。

「片岡君、依頼人は企業恐喝の件ももう調べなくてもいいと言ったのか？」

磯村が確かめた。

「ええ。闇献金リストも取り戻したようなことを仄《ほの》めかしてましたよ。凄腕《すごうで》のトラブルシューターを雇ったんでしょう」

「そうなのかもしれないな」

「上海マフィアたちに命を狙われたという話でしたが、もう磯村さんたちは手を引いてくださいね。危険な目に遭《あ》って迷惑料が百万ずつなんて割に合わないでしょうが、そのうち何かで埋め合わせをします」

片岡がそう言い、左手首に嵌《は》めたロレックスに目をやった。

「何か予定がありそうだね？」

「これからクライアントと会わなきゃならないんですよ。夜には、『浜作』に顔を出せると思います」

「そういうことなら、われわれは引き揚げよう」

磯村が立ち上がった。成瀬もソファから腰を浮かせた。

二人は片岡のオフィスを出て、エレベーターに乗り込んだ。函《ケージ》が下降しはじめると、磯村が口を開いた。

「どうも釈然《しゃくぜん》としないな」

「矢吹さんが急に調査の打ち切りを申し出たという件でしょ？」

「そう。先日会ったとき、矢吹氏はわれわれを頼りにしている様子だった。成《なる》やんはどう感じた？」

「おれも、そう感じましたよ。少なくとも、別のトラブルシューターを雇う気もあるようには見えなかったな」

「何か裏がありそうだね。畠山は盗撮動画や闇献金のほかに、矢吹氏の致命的な弱みを握ったのかもしれない」

「で、矢吹さんは脅迫に屈《くっ》してしまった？」

成瀬は先回りして、そう言った。

「ただの推測なんだが……」

「磯さん、矢吹さんに電話をしてみましょうよ。迷惑料のお礼の電話にかこつけて、探《さぐ》りを入れてみれば、何かわかるかもしれないでしょ？」

「そうだな」

会話が終わったとき、エレベーターが一階に着いた。

二人は雑居ビルを出て、近くの有料駐車場に急いだ。レンタカーのアルファードの運転席に入ると、成瀬は懐から白い封筒を取り出した。

「この金、どうしよう？」

「とりあえず、百万ずつ貰って、後日、片岡君に何らかのお礼をしよう」

磯村が言った。成瀬は帯封の掛かった札束を一つだけ抜き取り、封筒ごと磯村に渡した。

「矢吹さんに電話をしてみます」

成瀬は自分のスマートフォンで、矢吹の会社に電話をかけた。

少し待つと、電話は麻実の父親に繋《つな》がった。

成瀬は自分と磯村がキャンセル料を片岡から受け取ったことを告げ、型通《かたどお》りの挨拶《あいさつ》をした。すると、矢吹が驚きの声を洩《も》らした。

「なんですって⁉　わたしは調査を打ち切ってほしいなんて片岡さんに言ってませんよ」

「ええっ、そうなんですか。しかし、奥さんは片岡さんの事務所に一時間ほど前に二百万のキャンセル料というか、迷惑料を届けたという話でしたよ」

「そんなばかな！　わたしは妻から何も聞いてません。どういうことなんだ、これは？」

「矢吹さんのおっしゃった通りなら、片岡さんが嘘をついたことになりますね」

「あるいは、わたしの妻と片岡さんが結託《けったく》してる可能性もあるかもしれないな」

「何か思い当たる節でもあるんですか？」

「いや、それはありません。しかし、妻の紀香が二百万円のキャンセル料を片岡さんのオフィスに持っていったことが事実だとしたら、二人は共謀している疑いがあるわけでしょ？」

「ま、そうですが……」

「これから片岡さんと妻に電話をかけて、そのあたりのことを直《じか》に訊《き》いてみましょう」

矢吹が言った。

「それは、おやめになったほうがいいと思います。二人が何か企《たくら》んでいるとしたら、矢吹さんの身に危険が及ぶことになりますので」

「そうか。確かに、そうだね」

「片岡さんと奥さんの動きを少し探《さぐ》らせてもらってもかまいませんか？」

「ええ、ぜひお願いします」

「わかりました。失礼なことをうかがいますが、奥さんが不倫をされてる気配を感じられたことは？」

「不倫などしてないと思いますが、妻はよく外出しているようです。ショッピング、ガラス工芸教室、スポーツクラブ通い、友人との会食といった具合にね」

「とにかく、ちょっと調査してみます」

成瀬は通話を切り上げ、磯村に経緯《いきさつ》を話した。

「やっぱり、裏があったんだな。おれは片岡君の動きを追ってみるよ。成《なる》やんは矢吹紀香をマークしてくれないか」

「わかりました」

「何か動きがあったら、連絡を取り合おう」

「了解！　この車、磯さんが使ってください」

「いや、成《なる》やんが使ったほうがいいな。おれは流しのタクシーをいつでも拾えるが、成城の邸宅街じゃ空車を捕まえるのは無理だろう」

「そうでしょうね」

「おれはもう行く。片岡君、出かけると言ってたからな」

磯村が慌《あわ》ただしくレンタカーを降り、有料駐車場の敷地から出ていった。

成瀬はアルファードを発進させた。

道路は思いのほか空いていた。二十数分で、成城五丁目の矢吹邸に着いた。成瀬は隣家の生垣《いけがき》に車を寄せ、いつものように気休めの変装をした。

磯村から連絡があったのは四時半ごろだった。

「片岡君は宮益坂《みやますざか》のコーヒーショップで初老の男と数十分話をして、いまタクシーに乗り込んだところだよ。タクシーは宮益坂を登り切って、青山通りに入った。赤坂方面に向かってる」

「そうですか。初老の男は何者なんですかね？」

「依頼人だろう。占有屋《せんゆうや》に賃貸マンションを乗っ取られそうだと深刻そうな顔で片岡君に相談してたから。そっちの動きは？」

「まだ矢吹夫人が外出する様子はありません」

「そう。もう少し張り込みをつづけるんだね」

「ええ、そうします」

成瀬はスマートフォンを耳から離した。

スマートフォンを懐に戻して間もなく、矢吹邸から真紅のアルファロメオが走り出てきた。ステアリングを握っているのは着飾った矢吹紀香だった。

成瀬は充分な車間距離を取りながら、小粋なイタリア車を尾行しはじめた。走行ルートから察すると、どうやら紀香は新宿に向かっているようだ。

数十分が過ぎたころ、ふたたび磯村から連絡があった。

「成《なる》やん、片岡君は赤坂西急ホテルのティールームで畠山と何か密談してる。一瞬、わが目を疑ったが、間違いないよ」

「なぜ、片岡さんが畠山と会ってるんだ⁉　わけがわからないな」

「二人はだいぶ親しそうに見える。おおかた片岡君が内通者なんだろう。内通者というよりも、彼が矢吹氏の脅迫事件に一枚噛《か》んでると考えるべきなのかもしれないぞ」

「磯さん、ちょっと待ってよ。なぜ片岡さんは矢吹喬の調査依頼を引き受け、わざわざおれたち二人に下請けの仕事をさせる必要があったんです？」

「目的はミスリードなんだろうな。自分は一連の脅迫事件には関与してないと見せかけたかったんだろう。そして、仮に矢吹夫人の不倫相手が片岡君だとしたら、紀香も共犯者のひとりだろうな」

「矢吹さんの後妻は麻実の盗撮動画データや闇献金リストを畠山たちに入手させ、それらを恐喝材料にして、夫から巨額をせしめる計画を立てたんでしょうか？」

「考えられそうだね。その推測が正しいとしたら、一連の事件の主犯は矢吹紀香なんだろう。もしかしたら、彼女は夫や麻実とうまくいってなかったのかもしれないぞ」

「で、畠山や片岡を唆《そそのか》し、矢吹家から巨額を脅し取って離婚に備えて金をプールする気になったんですかね」

成瀬は言った。

「そういうことなのかもしれないな。問題は、浮気相手が畠山か片岡のどちらかってことだ。矢吹夫人の年齢から考えて、片岡と深い関係なんではないかと思うが……」

「おれも、そんな気がします。くそっ、おれたちは片岡の野郎にまんまと嵌《は》められたわけか。なめやがって！」

「成《なる》やん、冷静になれよ。まだ謎《なぞ》がすっかり解《と》けたわけじゃないんだ」

「そうですけどね」

「また、連絡するよ」

磯村が電話を切った。

アルファロメオは甲州街道を直進すると、西新宿の高層ホテルの地下駐車場に潜《もぐ》った。成瀬も車を地下駐車場に入れ、アルファロメオから少し離れた場所に駐《と》めた。

紀香は車を降りると、階段を使って一階のロビーに上がった。

成瀬は矢吹夫人を追った。

紀香は、フロントの横にあるティールームに入っていった。成瀬はロビーのソファに腰かけ、観葉植物の葉越しにガラス張りのティールームに目を向けた。

紀香は奥のテーブル席に着くと、細巻き煙草に火を点けた。

紫煙をくゆらせる姿が妙にセクシーだ。形のいい赤い唇をなまめかしく開き、煙を吐き出している。人待ち顔だった。

注文したマンゴージュースが届けられて六、七分経《た》ったころ、畠山が急ぎ足で紀香の席に向かった。

不倫相手が畠山だったとは意外だ。成瀬は磯村のスマートフォンを鳴らす気になった。

ちょうどそのとき、階段のある方向から磯村がやってきた。成瀬は軽く片手を挙げた。

磯村が成瀬に気づき、自然な足取りで近づいてきた。成瀬は、かたわらに坐った相棒に小声で言った。

「畠山はティールームにいます。矢吹紀香と話し込んでる」

「てっきり片岡が浮気相手だと思ってたが、予想外の展開になったね」

「おれもびっくりしました。どう見ても、お似合いのカップルじゃないもんな」

「二人は愛人関係じゃないのかもしれないぞ。深い仲の男女がホテルのティールームで落ち合うかな。どちらかが予約した部屋に直行するんじゃないか、ふつうは」

「言われてみれば、そうですよね。矢吹夫人は共犯者の畠山から何か報告を受けた後、不倫相手の待ってる部屋に行くのかもしれないな」

「多分、そうなんだろう」

　磯村が口を閉じた。
　五、六分が過ぎたとき、畠山だけが立ち上がった。そのまま彼はティールームを出て、地下駐車場に降りていった。
「タクシーでロールスロイスを追っかけるべきか。それよりも、矢吹夫人の動きを探るべきか。成《なる》やんの意見は？」

「畠山の尾行は、もういいでしょ？」

「そうだな」

「間もなく紀香が動きだすでしょう」

成瀬は言った。

会話が中断したとき、紀香が立ち上がった。彼女はティールームを出ると、フロントに足を向けた。フロントマンから部屋のカードキーを受け取り、エレベーターホールに向かった。

「部屋で浮気相手を待つ気なんだろう。成《なる》やん、どうする？」

「磯さん、こないだの模造警察手帳は？」

「持ってるよ。そうか、刑事になりすまそうってわけだな」

「ええ、そうです」

二人はフロントに急いだ。

磯村が偽の警察手帳を四十年配のフロントマンに見せ、小声で話しかけた。

「いま、カードキーを受け取った女性は？」

「有名な音楽プロデューサーの伊坂謙《いさかけん》さんの奥さまです。月に何度か、ご夫婦で当ホテルをご利用くださっています」

「夫婦で泊まってるって？」

「はい。伊坂先生のお宅には内弟子の作曲家や歌手が何人もいるとかで、ご夫婦で甘い時間を持つこともままならないみたいなんですよ」

「なるほど、そういうことか。きょう、部屋を予約したのは？」

「毎回、伊坂先生がご自分で予約なさっています」

「そう。伊坂さんの連絡先を教えてくれないか」

「お客さまの個人情報を外部の方に漏らすことはできませんので、どうかご勘弁願います」

「われわれは捜査関係者なんですよ。伊坂夫妻がある事件に関与してる疑いがあるんだ」

「まさか⁉　伊坂先生はミリオンセラーの大ヒット曲を十曲近くプロデュースされて、作曲もされている有名人ですよ。それに、実兄の伊坂諭《さとし》さまも著名な国際政治学者で、次期の都知事選に出馬されると表明しています。そんなときに、伊坂先生が何か犯罪に関わっているだなんて、とても信じられません」

「悪い奴ほど善人ぶってるもんなんですよ」

成瀬は話に割り込んだ。

「しかし、伊坂先生が何か悪いことをしたなんて考えにくいですね」

「総支配人を呼んでください。あなたじゃ、埒《らち》が明かないようだからな。総支配人にあなたが警察に非協力的だったと言ってやろう。もし閑職に追いやられても、われわれを恨まないでほしいな」

「ま、待ってください。ただいま伊坂先生の連絡先を……」

フロントマンが大慌《おおあわ》てでパソコンの端末のキーを叩き、プリントアウトを差し出した。

伊坂謙の自宅兼オフィスは南青山三丁目にあった。

成瀬はプリントアウトを二つ折りにし、上着の内ポケットに入れた。そのとき、フロントマンが困惑顔になった。

成瀬はフロントマンの視線をなぞった。
四十一、二歳の長髪の男がエレベーターホールに向かっていた。麻のスーツを着込み、気障《きざ》なファッショングラスをかけている。伊坂謙だろう。フロントでカードキーを取らなかったのは、紀香の部屋を直《じか》に訪れることになっているからではないか。
「われわれのことは伊坂夫妻には内分にね」

「は、はい」

「それじゃ、そういうことで！」

成瀬はフロントを離れた。すぐに磯村が肩を並べる。

「成《なる》やん、伊坂は実兄の選挙資金の不足分を浮気相手の紀香と組んで、矢吹氏から脅し取ろうとしたんじゃないだろうか」

「おれも、いま、そう言おうとしてたんです。きっとそうですよ。畠山と片岡は、伊坂たちに協力したんだろうな」

「そうなのかもしれない。伊坂たちのいる部屋に押し入って、少し痛めつけてみるか」

「その前に腹ごしらえをしましょうよ」

「いいが、ホテルのグリルの飯は高いわりにうまくないぞ。どこかで食事をしよう」

二人はホテルの表玄関から外に出て、新宿駅西口まで歩いた。

ディスカウントショップ街の裏にある大衆食堂に入り、どちらもカツ定食をオーダーした。店のテレビからニュースが流れている。成瀬は、ぼんやりと画面を眺めた。

川崎の石油コンビナート火災のニュースの後、矢吹喬と娘の麻実が自宅で中国人と思われる二人組に射殺されたと報じられた。

成瀬は相棒の磯村と顔を見合わせ、先に口を開いた。

「矢吹父娘を射殺したのは、唐《タン》の手下どもなんでしょう」

「ああ、そうだろうな。紀香はちょっとした仕掛けで、あっさり夫から併《あわ》せて十二億円を毟《むし》り取れると最初は楽観してたんだろう。しかし、偽装工作のために雇ったわれわれがからくりに気づいて、陰謀を暴《あば》きはじめた。そこで紀香は不倫相手の伊坂と相談して、いっそ夫と継子《ままこ》の麻実を上海マフィアに始末させる気になった。その犯罪計画は予定通りに進んで、未亡人になった紀香は矢吹喬の遺産を独り占めできることに……」

「莫大《ばくだい》な遺産をどう使おうと、彼女の勝手なわけだ。伊坂の実兄に選挙資金を回してやれるし、好きな男と何か事業を興《おこ》すこともできる」

「陰謀のシナリオを練ったのは紀香自身なのだろうか。そうではなく、彼女は伊坂に焚《た》きつけられたのか。夕飯を喰ったら、主犯格の二人を徹底的に締め上げてやろう」

「磯さん、そう急がなくてもいいんじゃない？　ほぼ謎は解けたんです。矢吹父娘の葬儀が終わってからでも……」

「そうだな。主犯格の二人を痛めつける前に畠山と片岡を生捕りにする必要もあるしね」

磯村が言って、コップの水を飲んだ。

成瀬は煙草をくわえた。

4

河川敷《かせんしき》は真っ暗だった。

多摩川である。成瀬は、大型冷凍車を多摩川二子橋公園の少し先の河川敷に停めた。

矢吹父娘が殺されたのは、ちょうど十日前だ。その三日後、唐《タン》たち上海マフィアは逮捕された。唐《タン》の罪名は殺人教唆《きょうさ》だった。実行犯たちは、もちろん殺人容疑だ。

だが、唐《タン》たちは揃《そろ》って犯行を否認している。そんなことで、捜査当局はまだ殺人の依頼者には迫っていなかった。

「ここなら、獲物《えもの》が泣き喚《わめ》いても誰にも聞こえないと思います」

成瀬は助手席の磯村に言って、先に冷凍車を降りた。きょうの明け方、豊洲の中央卸売市場の近くで盗んだ車だった。

車体に大書きされた水産会社名をカラースプレーで消し、ナンバープレートにも細工を施《ほどこ》してある。検問に引っかからなければ、盗難車であることは発覚しないだろう。

磯村も助手席から出てきた。

成瀬は冷凍車の後ろに回り、観音《かんのん》開きの扉のロックを解除した。荷台の冷凍庫の電源スイッチは数十分前に切ってあった。

扉を開けると、庫内灯《こないとう》が点いた。

濡《ぬ》れた床には、片岡と畠山が転がっている。どちらも両手を腰の後ろで結束バンドで縛ってあった。口許《もと》も粘着テープで封じておいた。

成瀬たちは最初に片岡の事務所を訪れ、拳銃で威嚇《いかく》して元刑事に畠山を電話で誘《おび》き出させた。片岡も畠山も武器は持っていなかった。

成瀬は片岡と畠山が闘《たたか》う気力を失うまで交互に高圧電流銃《スタンガン》を幾度も押し当てた。

それから二人を盗んだ大型冷凍車の荷台に閉じ込めたのだ。荷は入っていない。成瀬は冷凍庫に這《は》い上がった。

すぐに磯村も荷台に上がり、大型懐中電灯を点けた。庫内灯は扉を閉めると、消える仕組みになっていた。

「凍死しなくてよかったな」

磯村が言って、大型懐中電灯の光を片岡と畠山に当てた。

二人とも体を震わせていた。体の芯《しん》まで冷えきってしまったのだろう。

成瀬は片岡のそばに屈《かが》み込み、口許の粘着テープを乱暴に引き剝《は》がした。片岡が肺に溜《た》まっていた空気を一気に吐いた。

「唐《タン》たち上海マフィアは逮捕されたんだ。あんたも、もう観念しろ！」

成瀬はベルトの下からブラジル製のリボルバーを抜き、銃口を片岡のこめかみに押し当てた。そのままの姿勢で上着の左ポケットに手を滑り込ませ、ＩＣレコーダーの録音スイッチを入れる。

「成瀬君は何か勘違いしてるんだ。おれが飲み友達のきみや磯村さんを嵌《は》めるわけないじゃないか」

「おれを怒らせたいらしいな」

「ど、どうするんだ⁉　おれを撃つのかっ」

「あんたが死んでも、まだ畠山がいる。どっちかの口を割らせればいいわけだから、あんたを先に殺《や》っちまっても別に困らないな」

「本気なのか⁉」

片岡が声を裏返らせた。

成瀬は無言で撃鉄《ハンマー》を搔き起こし、引き金に指を深く絡《から》めた。

「あんたの飛び散った脳味噌《のうみそ》を畠山に喰《く》わせてやるか。何か言い遺《のこ》したいことは？」

「わ、詫び料を払うよ。きみと磯村さんに五百万ずつな」

「おれもなめられたもんだ。たったの五百万で、目をつぶれだと？　ふざけるなっ。くたばっちまえ！」

「やめろ、やめてくれーっ」

片岡が涙声で訴え、悪事の一部始終を明かした。

ほぼ推測通りだった。矢吹紀香は不倫相手の伊坂に実兄の選挙資金の調達が難しくなったと打ち明けられ、脅迫事件を仕組んで夫から総額十二億円をせしめようと思い立ったらしい。義理の娘の盗撮動画の件は、須田から聞いたという。須田は単独で矢吹宅を訪れ、応対に現われた紀香に麻実の盗撮動画をちらつかせて、口止め料をせしめるつもりだったにちがいない。

「須田は矢吹家から口止め料をせしめる気だったんじゃないのか？」

「そうだよ。しかし、奴は紀香さんにうまく言いくるめられて、彼女の犯罪計画に協力することになったんだ。おそらく少しまとまった金を貰って、彼女を抱かせてもらったんだろう」

「それで須田は旧友の涌井を使って、矢吹の会社に忍び込んで闇献金リストを盗み出したのか」

「そうだよ。紀香さんは須田が畠山さんとつき合いがあることを調べ上げ……」

「金で畠山を抱き込んだんだな？」

「ああ。紀香さんは畠山さんが唐《タン》たち上海マフィアと親しいことを知って、いずれ利用できると考えたんだろうな」

片岡がそこまで言うと、畠山はくぐもった唸《うな》り声をあげはじめた。その目は、片岡を睨《にら》んでいた。口を割ったネゴシエーターに腹を立てたのだろう。

「あんたはどういう繋がりがあって、偽装工作に一役買ったんだ？」

成瀬は片岡に訊いた。

「おれは去年の春、伊坂さんに頼まれて芸能プロとの揉《も》め事をうまく処理してやったことがあるんだ。それで、協力することになったわけさ」

「そういうことだったのか。しかし、偽装工作が綻《ほころ》びはじめたので、主犯格の紀香と伊坂はシナリオの変更を思いついたんだな？」

「その通りだよ。紀香さんたちは畠山さんの知り合いのセルジオ梅宮を雇って、須田を始末させたんだ」

「須田は手に入れた闇献金リストで、矢吹から巨額を脅し取ろうとしたんだな？」

「そうだよ。闇献金リストを盗み出してくれと須田に頼んだのは紀香さんだったんだが、奴は彼女の弱みにつけ込んで、口止め料を要求したらしいんだ。顔に泥を塗られた畠山さんは怒って、セルジオ梅宮に須田を始末させる気になった。それを須田は察知して……」

「須田は、闇献金リストを高校時代の友人の涌井に預けたんだな？」

「そうだよ。だから、涌井って奴も唐《タン》の手下たちに始末されてしまったんだ。闇献金リストは紀香さんの手許《てもと》にあるはずだよ。春木って奴が隠し撮りした動画データも、矢吹父娘が生きてる間は彼女が持ってたんだ。しかし、もう処分しただろうな。保管しておく必要がなくなったからな」

片岡が言って、成瀬の顔をうかがった。殺意が消えたかどうか探《さぐ》りたかったのだろう。

「紀香と伊坂は陰謀が露見《ろけん》することを恐れて、唐《タン》の手下に矢吹父娘を抹殺させたんだなっ」

「ああ、そうだよ。彼女は百億円近い遺産をそっくり相続できるんだから、大金持ちさ。紀香さんは本気で伊坂さんに惚《ほ》れてるようだから、彼氏の実兄の選挙資金も気前よく出すんじゃないかな。おれと畠山さんも、近いうちに協力謝礼を一億円ずつ貰えることになってたんだ」

「その金は諦《あきら》めろ」

「成瀬君は、おれと畠山さんを殺す気だな。そうなんだろ？　頼むから、殺さないでくれ。紀香さんから一億貰ったら、きみと磯村さんに三千万ずつやるよ」

「そんな金はいらないっ」

磯村が大声で言って、片岡の腰を蹴った。片岡は長く唸《うな》った。

成瀬は体の向きを変え、畠山の口許の粘着テープを乱暴に剝《は》がした。

「何か言いたいことはあるか？」

「きさま、おれを誰だと思ってやがるんだっ」

「大物ぶるなって。あんたは所詮《しょせん》、薄汚い小悪党さ」

「ぶっ殺してやる！」

「その前に、あんたは凍死してるだろう。夏に凍《こご》え死ぬのも一興《いっきょう》だよな」

「くそっ」

「糞《くそ》はあんただ。これから紀香と伊坂を生捕《いけど》りにする。凍死する前に、伊坂の前で紀香を姦《や》らせてやってもいい」

「あの二人は、てめえらの手にゃ落ちねえよ」

「どこかに潜伏したってわけか」

「さあな」

畠山が鼻先で笑った。

「成《なる》やん、畠山をサッカーボールみたいに蹴りまくってやろう」

「そんなんじゃ、手ぬるいね。おれに任せてください」

成瀬は磯村に言って、ロッシーの鉄把《グリップ》の底で畠山の顔面を撲《う》ちはじめた。額、上瞼《うわまぶた》、頬骨、鼻柱を無造作に叩いた。

殴打されるたびに、畠山は凄まじい呻き声をあげた。体も縮めた。顔じゅう、血だらけだった。

「紀香と伊坂はどこにいる？」

「それは……」

「腹に一発撃ち込んでやるか」

成瀬は銃口を畠山の腹部に押し当てた。

「二人は御殿場《ごてんば》にいるよ。伊坂さんの別荘に昨夜《ゆうべ》から泊まってるんだ」

「別荘のある場所を詳しく話せ！」

「いま言うから、おれから離れてくれーっ」

畠山が哀願してから、伊坂の別荘の場所を細かく教えた。

成瀬はICレコーダーを停止させ、片岡と畠山の口をふたたび粘着テープで封じた。

磯村と一緒に冷凍車の荷台から飛び降り、運転席に戻る。

午後八時を少し回っていた。

成瀬は大型冷凍車を御殿場に走らせた。

伊坂の別荘は富士山の東側の裾野《すその》にあった。アルペンロッジ風の建物で、敷地はとてつもなく広い。優《ゆう》に二千坪はあるだろう。

別荘の周《まわ》りには、自然林がそのまま残されていた。

車寄せには、真紅のアルファロメオとオフブラックのマセラティ・ビトゥルボが並んでいる。マセラティは伊坂の車だろう。イタリア製の高級車だ。

二階建てのロッジの窓は明るい。

成瀬と磯村は冷凍車の荷台から片岡と畠山を引きずり下ろし、拳銃で威《おど》して歩かせた。内庭からサンデッキに回り込む。

リビングのサッシ戸は閉まっていたが、施錠されていなかった。成瀬たちは二人の人質を先に建物の中に押し入れた。四人とも土足のままだった。

奥の寝室のドアを開けると、ダブルベッドに全裸の紀香と伊坂の姿があった。伊坂は紀香の股の間に顔を埋め、舌で秘めやかな部分を舐《な》め回していた。

「お楽《たの》しみは、そこまでだ」

成瀬は声を張り、リボルバーを前に突き出した。

紀香と伊坂が弾《はじ》かれたように半身を起こし、絶望的な表情になった。片岡と畠山は、ばつ悪げに下を向いていた。

「無断で入ってくるなんて、失礼じゃないかっ。出て行け！」

伊坂が毛布で下半身を隠しながら、成瀬と磯村を等分《とうぶん》に睨んだ。

成瀬は冷笑し、上着のポケットからＩＣレコーダーを取り出した。すぐに再生ボタンを押す。

二十畳ほどの寝室に、録音音声が響きはじめた。

紀香と伊坂が顔を見合わせた。二人の顔は、みるみる蒼《あお》ざめた。

　ＩＣレコーダーの停止ボタンを押したとき、紀香が口を開いた。

「その録音音声のメモリーを三百万、いいえ、五百万で買うわ」

「百億円近い巨額を相続する未亡人にしちゃ、ずいぶんみみっちいことを言うんだな」

「わかったわ。五千万円出すわよ。それで、すべて忘れてちょうだい」

「おれたちは命も狙われたんだ。しかも、二人分で五千万円だって？　いくら何でも安すぎるな」

「いくら欲しいの。はっきり言ってよ」

「まだ夜は長いんだ。ゆっくりと商談しようじゃないか」

　成瀬は紀香に言って、片岡に顔を向けた。

「殺されたくなかったら、畠山とここでデスマッチを演じろ。ルールなしの殺し合いってやつだ」

「正気なのか⁉」

　片岡が目を剝《む》いた。磯村が無言で片岡の口許の粘着テープを引き剝がす。

「成瀬君、悪い冗談はよせ」

「本気だよ、おれは。生き残りたかったら、片岡、畠山をあの世に送るんだな」

「なんて奴なんだっ」

「畠山に殺《や》られてもいいのか？」

「冗談じゃない」

「だったら、デスマッチをやるんだな」

「くそっ、やってやるよ。早く両手を自由にしてくれ」

片岡が息巻《いきま》き、後ろ向きになった。成瀬は結束バンドを解《と》いてやった。

磯村が畠山の口と両手首を自由にさせる。畠山が片岡に声をかけた。

「おれを殺《や》る気なのか？」

「まだ死にたくないんでね」

片岡が畠山に組みつき、足払いを掛けた。

二人は縺《もつ》れ合ったまま、床に倒れ込んだ。片岡が畠山に馬乗りになって、両手で相手の首を力一杯に締めつけた。畠山はもがき苦しみ、全身を痙攣《けいれん》させはじめた。二十秒ほどで、痙攣は熄《や》んだ。畠山は両目を見開いたまま、息絶えた。

片岡が虚《うつ》ろな目で立ち上がった。

「次の対戦相手は伊坂だ」

「ひとり殺すも、二人殺すも一緒だ。何人だって殺《や》ってやる」

「その調子だ」

成瀬は片岡をけしかけ、伊坂に命じた。

「トランクスを穿《は》いて、ベッドから出ろ」

「きさまはまともじゃない」

「いまの台詞《せりふ》をそっくりおたくに返そう。早くトランクスを穿け！」

「一億円出すよ。だから、もうくだらないゲームはやめてくれ」

伊坂が訴えた。

成瀬は黙って枕許のナイトテーブルを撃ち砕《くだ》いた。ガラスの破片が飛散する。

紀香が悲鳴を放ち、裸身を縮めた。伊坂が慌《あわ》ててトランクスを穿《は》き、ベッドから降りた。

片岡が血に飢えた獣のように伊坂に襲いかかった。伊坂は一発で殴り倒された。

「おれは死にたくないんだ。悪いが、死んでくれーっ」

片岡が何かに憑《つ》かれたように伊坂を蹴りまくりはじめた。

「お願いだから、殺し合いなんかやめさせて！　さっきの録音音声のメモリー、三億円で買うわ。いますぐ誓約書を認《したた》めるわよ」

「誓約書は後でいい。その前に、おれの前にひざまずくんだ」

「わたしに何をさせる気なの⁉」

「悪女にちょいとお仕置きをな」

成瀬は紀香の腕を摑んで、ベッドから引きずり下ろした。

紀香が怯《おび》え、成瀬の前に坐った。正坐だった。成瀬はチノクロスパンツのファスナーを下げた。

「わたしが欲しくなったのね？　伊坂さんを助けてくれるんだったら……」

紀香が艶然《えんぜん》と言い、成瀬の性器を器用に摑み出した。まだ昂《たか》まっていない。

「成《なる》やん、好きなようにやりなよ。こうなりゃ、何でもありだ」

磯村が愉《たの》しげに言い、片岡を大声で煽《あお》った。

そのとき、伊坂が片岡の軸足《じくあし》を両腕で掬《すく》った。片岡が尻《しり》から落ちた。すかさず伊坂が片岡を組み敷き、馬乗りになった。

紀香がペニスの根元を数度握り込み、亀頭に唇を被《かぶ》せた。巧みな口唇愛撫《あいぶ》を受けているうちに、成瀬は急激に猛《たけ》った。

「どっちも命懸《が》けで闘え。負けたら、一巻の終わりだぞ」

磯村がはしゃぎ声で、伊坂と片岡の殺意を搔《か》き立てた。片岡が気合を発して、伊坂を跳《は》ね飛ばした。

どちらが死んでも、知ったことではない。成瀬は紀香を突き飛ばし、床に這《は》わせた。

獣の姿勢だった。

成瀬は床に両膝を落とし、紀香の腰を片腕で引き寄せた。自分を利用した相手は非情に懲《こ》らしめたい。成瀬は合わせ目を押し開き、突き刺すように貫《つらぬ》いた。紀香が白い背を反《そ》らして、甘やかな呻き声を洩《も》らした。

「そんな声を出したって、口止め料は一円だって負けないぞ。きっちり三億貰うからな。それから、闇献金リストも貯金箱代わりに戴《いただ》く。いいなっ」

成瀬は銃口を美しい未亡人の後頭部に押し当てながら、腰を荒々しく躍《おど》らせはじめた。下剋上《げこくじょう》の歓《よろこ》びは大きかった。胸に宿った勝利感は膨らむ一方だった。

本作品はフィクションであり、実在の
個人・団体などとは一切関係がありません。

2002年7月　ジョイ・ノベルス刊（小社）
（『裁き屋稼業　渇望』改題）
2006年1月　徳間文庫刊
再文庫化に際し、著者が大幅に加筆しました。

実業之日本社文庫 み721

裁《さば》き屋《や》稼《か》業《ぎょう》

2021年12月15日　初版第1刷発行

著　者　南《みなみ》英男《ひでお》

発行者　岩野裕一
発行所　株式会社実業之日本社
〒107-0062　東京都港区南青山5-4-30
emergence aoyama complex 2F
電話［編集］03(6809)0473［販売］03(6809)0495
ホームページ　https://www.j-n.co.jp/
ＤＴＰ　株式会社千秋社
印刷所　大日本印刷株式会社
製本所　大日本印刷株式会社

フォーマットデザイン　鈴木正道(Suzuki Design)

ISBN978-4-408-55706-9（第二文芸）